守望光明

李艳芳 著

北方文艺出版社

图书在版编目(CIP)数据

守望光明 / 李艳芳著. -- 哈尔滨：北方文艺出版社, 2021.7
ISBN 978-7-5317-5007-9

Ⅰ.①守… Ⅱ.①李… Ⅲ.①长篇小说-中国-当代 Ⅳ.①I247.5

中国版本图书馆 CIP 数据核字(2021)第 021788 号

守望光明
SHOUWANG GUANGMING

作　者 / 李艳芳

责任编辑 / 李正刚　　　　　　装帧设计 / 书香力扬

出版发行 / 北方文艺出版社　　网　址 / www.bfwy.com
邮　编 / 150008　　　　　　　经　销 / 新华书店
地　址 / 哈尔滨市南岗区宣庆小区 1 号楼
发行电话 / (0451) 86825533

印　刷 / 成都兴怡包装装潢有限公司　开　本 / 880mm×1230mm　1/32
字　数 / 103 千　　　　　　　　　　印　张 / 6.75
版　次 / 2021 年 7 月第 1 版　　　　 印　次 / 2021 年 7 月第 1 次印刷

书　号 / ISBN 978-7-5317-5007-9　　定　价 / 58.00 元

序 言

　　医疗行业难做，写医疗也难。医疗事业关乎千家万户，是重大民生问题。随着新医改浪潮的涌动，民营医院已成为热点。中国百家千家医院开，其中眼科的市场化比较成熟，国内已诞生两大品牌，许多业务精湛的医生从体制内走出，投身创业大潮。

　　习近平总书记号召："坚持以人民为中心的创作导向，要创作更多无愧于时代的优秀作品。"《守望光明》就是扣住这个时代的脉搏，以台州五官科医院黄耀忠为原型，书写和记录一家民营医院的艰难历程，讴歌奋斗人生。作品撷取医疗工作中发生的一个个典型事件案例，经过艺术加工和锤炼，塑造了黄旭这一富有光彩的医生形象，真实地反映了现实中医院里的情况。

　　复明一个盲人，幸福一家人，让更多的盲人重见美好的世界，是黄旭团队坚守的信念。他们辛勤耕耘，倾尽所能，给无数眼病患者带来希望、光明和优质生活，赢得患者由衷的信任。他们忠诚守望，为社会做朴实的公益，以医者父母心的赤诚，以精准的手术，为"新时代的医魂"做了完美注脚。

　　纵观当代文学，描写眼科医生题材的，只有《人到中年》这一个中篇，于1980年发表后引起强烈反响。时代不断在翻页，那时眼科在中国才刚刚起步，20世纪90年代以来，特别是21世纪以来，眼科技术发展日新月异。那时每天做好几台手术，现时眼科高水平医生往往连续二三十台，甚至更多，黄院长曾一天完成五十八台复明手术。

理想很丰满，现实很骨感，黄旭独自吞咽理想与现实的落差。为梦想搏到那种程度，令人动容。黄院身上寄寓着我们疲惫工作中的英雄梦想，笔者对他们的经历和处境，有过切身了解。这些为医疗事业付出过难以想象的努力的医生，不能让他们湮没无音。笔者愿意以自己的文学积淀，担点文化道义，以不随俗的姿态去另辟蹊径，用文学的手法展现一个完整的现实，挖掘他们工作背后那种细腻的情感、美好的心灵，表露他们内心的疾苦和深深的无奈。

早年我就希望写一部像《人到中年》那样的小说，然而即便是医疗行业人，完成这一创作也是十分困难的。眼睛里面的世界有太多的神秘，笔者便一点点琢磨透知识节点，通过极度思索，再现高难手术过程的镜头感、画面感，每一句经由反复斟酌推敲。小说没有刻意煽情，没有大起大落，有的只是如日常工作的本来面目，栩栩如生地呈现在眼前，使读者体会到蕴藉的意味和美感。

小说中主人公的经历，折射出无数中国优秀医生的缩影。他们是人间的一道光，致敬所有厚德善行、追求卓越的医护人员！不管公立还是民营，他们都为国家医疗事业做出了贡献，都应一视同仁，享受同等待遇。我把那些真实情况写出来，让社会关注一下这些优秀民营医院，提高对他们的认可度，愿他们今后在

"守望光明"的路上稳健地走下去,而不是费力地"撑"下去。

在此,笔者感谢台州医学院院长梁勇的指导和帮助,他的博学和见地像一盏明灯,指引着我,影响着我,使我对创作坚持不渝。几年辛苦,精心打磨,去芜存菁,这部作品问世后,希望能引发读者共鸣,永驻人心,希望它在中国的大地上得到十分有益的广泛传播。

李艳芳
2020 年 10 月 25 日

目录 CONTENTS

守望光明

第一章	特殊时期	001
第二章	坚守	006
第三章	平凡中的美好	013
第四章	跨越十六年的锦旗	020
第五章	全城最好的医生	030
第六章	钉子射入眼睛后	039
第七章	四碗姜汤面	046
第八章	病房里的感动	053
第九章	爱洒人间	060
第十章	拼搏是唯一选择	068
第十一章	匿名信	075
第十二章	空白绘蓝图	082
第十三章	辞职	089
第十四章	庆典	096

第十五章	义诊	100
第十六章	"工匠"的奇迹	108
第十七章	情怀之夜	117
第十八章	平地风波	124
第十九章	医调委	134
第二十章	宿命	138
第二十一章	创新	146
第二十二章	信任	154
第二十三章	锻造	161
第二十四章	芦苇精神	170
第二十五章	供体来源	177
第二十六章	顶端的存在	183
第二十七章	薪火相传	191
第二十八章	回访	199

第一章
特殊时期

穿着隔离服的护士,雾气笼罩的护目镜下,那严肃的眼神,落在身份证上面的住址。隔着门口的桌子,她面前站着前来就诊的一对母子。忽然,她好像想起来什么,本能地后退一步,有些警觉地开口道:

"庄太街道新平村好像发现了新冠病毒感染的肺炎患者——整个村还在隔离中吧?"

从武汉回新平过年的夫妇,给岱江区带来了疫情,政府马上对他家及村庄进行封锁隔离,还有和他们近距离接触过的,都进行隔离观察。新型冠状病毒牵动了每个人的神经,顿时人心惶惶,人人自危,老弱病残,紧闭家门……

"这时节,除非不得已,谁会愿意出来看病?事实上我们家跟那家,沾不上边!"好似无辜被怀疑,边上的儿子没好气地说。

护士方雪定了定心,手持测温枪,分别对着母子的耳朵嘀的一声:"36.4℃,36.1℃,正常。"

紧跟着一连串的问题抛向他们:"周围人有发烧吗?""与确诊病例、疑似病例有过接触吗?""有发热,干咳,胸闷,乏力等症状吗？"……

"我头疼、眼睛疼，就因为这叫啥——不能出门，在家滴了十来天眼药水，疼到胃病都发了，实在熬不过，听说你们医院——"这位快80岁的阿婆，一手捂着右眼。

灰衣男子伸手扶住老妈，瞪起口罩上方的小眼睛："你怎么那么啰唆！我电话问过你们医生，他要我们先去中心医院拍了CT，再来这儿处理，你却拦着！"

"对不起，当前抗疫为重，为了您和他人的安全，我们依法对每个病人采取问卷调查。"方雪解释着，又打电话向坐守门诊的黄院长汇报。

为当好医院疫情防控的"守门员"，方雪除了按时严格消毒、通风，还要关注每天都在变化的数字。

据海州市卫生健康委发布，截至2020年2月11日24时，海州市累计报告新型冠状病毒感染的肺炎确诊病例为143例，现有重症病例5例，累计出院病例38例。其中，确诊病例中，岱江区9例。目前追踪到密切接触者3034人……

不一会儿，令他们意想不到的事情出现了。中年男子看向大厅的眼神有点难以置信，只见从里面走出两位医务人员，他们一起抬来一台类似电脑的仪器，轻轻地放到面前的木质长条桌上。接着又将桌子搬到大厅中央。

那身蓝色帽子口罩隔离服装束，让人感到一种神圣和神秘的气息。听护士对高个子的称呼，他才知晓，冲自己点头的这位，就是为熟人称道的黄院长。

那温和的声音从口罩里传出，带点棉质的沙哑感："请你们多多理解，我们只能把工作场所移到这儿来。"

黄院长右手拿检眼镜，拨动镜盘仔细检查大娘的右眼，又用手指触摸她的眼皮，感觉整个眼球膨胀坚硬如石头，心里暗呼不妙！翻看她就诊过的病历，紧接着掉转头吩咐方雪：

"立即快速静滴20%甘露醇250毫升，1%匹罗卡品滴眼缩瞳！"

方雪复诵了一遍立刻去执行。

技师端坐在桌前，调整仪器对牢患者的眼睛，重复测量三次，报出眼压数值："左眼20，右眼58，高出正常三倍！"

老人突然感到一阵眩晕，继之恶心上涌，她攥着儿子的手臂站起来，有些蹒跚地向门口走去，边摘口罩边哇哇地吐了出来……

方雪端着治疗盘子快步走来，黄院长当机立断地说："准备急诊行前房穿刺术——"

方雪有些蒙，她想起集团内组织员工线上学习的内容：急诊手术前病人都需要做新冠筛查，以发现可能漏查的感染者，防止病毒在我们的岗位上传播，绝对不能有任何的大意！

这个病人来自受封锁的村庄，指不定何时与疑似病例碰了面，连他们自己都记不准了，谁敢保证她没中招？而且新冠病毒是个"伪装高手"，潜伏期长，目前暂无症状，但万一她要是呢？这意味着什么？

于是她轻声问："挂完针后，让患者去惠泽医院检测下，如果确诊没有病毒感染，再来这儿住院手术，行吗？"

当日是2月12日，当时整个海州只有两家获"国字号"证书的核酸检测实验室，惠泽医院是其中之一。

黄院长说："我提前问了，核酸与抗体检测，要24小时出结果，病人哪里等得及呢？"

眼科病人往往年龄偏大，免疫力、抵抗力变差，而且病毒可以先入侵结膜，然后再到全身，因而眼病患者感染新冠的风险会比普通人更高。眼科医生虽然不接触发热病人，但是与易感患者近距离接触，如果防护流程不规范，就会存在巨大的隐患！

五官科医院虽然并非疫情定点一线防控单位，但黄院长已按部署要求，筹集防疫物资，布控防疫设施，攻守兼备，随时准备应急应战，救助遭受疾病煎熬的患者。

他顾不上前后考虑："这眼病叫急性闭角型青光眼，需要紧急处理，现在马上提升安全防护等级！"

方雪视线盯着患者的方向，有些不忍，但不可防失万一！她还是固执地说出心中所想："李文亮就是在接诊闭角型青光眼患者后被感染的——"

此言一出，气氛瞬间变得凝重。这段时间，所有眼科同道，既经历了北京朝阳医院陶勇主任被歹徒袭击的震惊和愤慨，又经历了武汉中心医院眼科李文亮医生不幸离世的悲痛。受这些负面消息影响，先给阿婆使用药物进行控制，手术缓一缓再做，保证不会引起指责或非议。

"医生，医生！我妈说眼睛发黑——"

在儿子的搀扶下，已近耄耋之年的老人，一步一步走回，她一手捂着脑袋，眉眼痛苦地扭成一团，连花白头发也痛得一根根地立了起来。她多么盼望能尽快解除难忍的疼痛啊！

每当看见患者病痛难受的样子，黄院长的心总是跟着揪起来。患者病情本已拖了十来天，如果此时再去做核酸检测，延宕时间——问灵魂，问良知，他怎忍心让她来回折腾？他早一刻实施前房放液，患者就多一份挽救视力的希望。否则，她视神经受损严重，视野可能全部丧失，甚至失明。那时，自己心里那道坎儿，能过得去吗？

他转向方雪，镇定地说："别恐慌，急查血常规，我们严格做好特殊防护，防止隐性感染！"一说完就着手签字谈话，并通过网上查询患者 CT 资料。

挽救生命，挽救眼睛，是责任，也是义务。面对患者的安危，他从未后退；临险避事，从不是他的风格。

病人的需要就是无声的召唤。在这场战"疫"中，这些医护人员将患者的眼健康置于首位，竭尽所能地奉献自己的专业力量，在浩浩荡荡的抗疫大军中，彰显自己的社会责任，为祖国母亲贡献自己赤诚的努力。

第二章
坚 守

今天，是一个特别的日子。天蒙蒙亮，小闹钟指向 6 点 10 分，实在该起床了。平常这时，下面街道上会传来越来越热闹的市声，但近日忽然冷寂起来了，喧哗又被清静取代。

任晓丽依然一动不动地躺着，她想让身边的丈夫多睡一会儿。她轻轻地从枕头上侧过头去，端详着莫云超那张圆润的脸。

他累了。睡得真香，摊手摊脚的，一副浓眉紧锁的样子，似乎连在睡梦中还想着什么问题。37 岁的人，头发就谢了顶，额上有了岁月的印痕。昨天晚上，他做讲课资料到 10 点多，没让她等得心烦意乱。

想到这里，她甜蜜地笑了一下。她笑自己无聊。以前她一直是个独立自强的女性，现在怎么变成了一个以老公为中心的傻女人？只要有他在，房间里就淌满了绵绵的爱意，仿佛连温度都升高了几度。

莫云超在此时蓦然睁开了眼，微微偏过头，视线对上那闪闪发亮的眼神，情不自禁地亲亲妻子光洁的额头，随即翻身跳下床来，冲向卫生间。

任晓丽动作利索地炒青菜、煎鸡蛋，老公昨天晚上就用锅煲了五谷杂粮粥，今天早上正好吃。

"挺好吃，有了老婆，也有了口福！"他真会讨她欢喜，他是发自内心的，像他那样的人，是不会装扮、做作，不会违心地取悦谁。

看他吃得津津有味的，任晓丽一脸满足，她想着今晚要怎么样和他来一个浪漫的节目。

"老婆，上午有手术，我得早点去熟悉病人情况，晚上就回不来了，要值班——"莫云超像平常一样，有点不舍。

任晓丽直勾勾地盯着他的眼睛，心情来了个180度大转弯："你，你是不是……忘了今天是什么日子了？"

"啊？"他想了想，忽然一拍脑门，"哎哟，我还真的忘了，今天是2月14号情人节！老婆，我可不喜欢过洋节，咱中国人要过中国的传统节日，去年咱一块儿过的七夕节，那会儿刚认识，现在想起来还很甜的。"

"我还想着今晚给彼此一个惊喜——"任晓丽像受了什么委屈，说不出话来了。

莫云超拍了拍她的肩头，瞟了一眼闹钟，6点50分了，他一拧身，抓起外套就往外走："院长为保护我们，带头值班两天了——疫情当前，所有医护人员都冲锋在前，哪有躲在后面做逃兵的！"

这话说得铿锵有力，是说给妻子听，也是说给他自己听的。

听到楼下车子开出去的声音，任晓丽的心中五味杂陈。多年来，她听着孟庭苇唱的《没有情人的情人节》，看着晒鲜花、晒礼物的朋友圈，越发衬托自己的形单影只，心里是怎样一种落寞。岂料优雅地找到自己的另一半后，多少次幻想期待的浪漫情人节又泡汤了。

唉，难道她还是个小姑娘，需要他来哄着吗？一时半会儿，她还不能从那种炙热的感觉里清醒过来。脑海里回荡着他刚刚说的话，她应该为他感到自豪才对。在他身上有她之前向往的一切美好，真正的爱，何须刻意地营造、装饰呢？

何况疫情之下，市场关闭，餐厅关门，电影撤档，鲜花门店暂停营业，今年的情人节最不像情人节了。一转念，她感觉释怀了，其实只要和心爱的人在一起，天天都是情人节。

姚阿婆被护士董俏勤扶出了手术室，送回三楼1号病床。小贞护士给她连接上心电监护仪，看了一眼屏幕上的数值，弯下腰问道：

"阿婆，您现在血压不高，有没有眼睛疼、不舒服？"

"感觉眼睛有点胀胀的，不过跟两天前相比，已经舒服很多了。"

小贞转身忙碌去了。旁边穿绿色毛衣的阿姨四五十岁的样子，她有点不相信地说：

"妈，没想到这家医院服务这么好，技术也好。问过别的医院都不肯收，这儿这么多病床空着，院长还亲自为您一人服务。"

"那我们住得起吗？最近菜、肉都涨价了。"

"妈，你操什么心。医院哪能随意涨价的？那护士说，这儿比周围医院的花费要少，真的是这样。"

"幸好我们去那边做的什么——都是好的，不连累他们。"

姚阿婆脑子清灵着呢。前天她接受了前房穿刺手术，剧痛缓解后,儿女陪着她去惠泽医院,做核酸检测。女儿因为要照顾母亲,也一同做了。

黄旭做完手术在门诊,只来了一个男孩。他利用这空当在电脑上做学术报告用的幻灯片。莫云超走了进来,边说着边坐下:"手术医嘱下了,阿婆状态平稳。"

黄旭点了点头:"我们眼科不关门,就是为那些急症的病患,像急性闭角型青光眼、视网膜动脉阻塞的病人,以免延误他们的救治时机。"

"刚才和以前的同事聊过,他说那边医院的眼科、口腔科等都停诊。除了抗疫的感染科、呼吸科,其他病区床位大多空着——还有一个细节,就是连外来人员维修设备,也要先做胸部 CT,确定肺部没有病变后,才允许进手术室。"莫云超转述了朋友说的话。

"救治病人第一,现在就算只有一个病人也要守住。厦门眼科中心总院长黎院士带头坚持出诊,华厦集团内多家医院也是这么做的。"黄旭说。

国内有五位国际眼科科学院院士,其中两位就在厦门眼科中心。黎院士是我国现代玻璃体手术开拓者之一,被封为"眼科四把刀"之首,在国际上享有"玻切女王"的美誉。面对这么大的疫情,他们可不能缺席!

然而,莫云超忍不住心想,我们为一些少数患者开诊,必然是往里垫钱,但赔也要开,这才是颠覆民众认知与感人之处。

"当时病人家属咨询,并没说他们村受封锁。要是知道这样,我也会……"那天是莫云超接受咨询的。

黄旭听出他后面想说的是什么话,理正词直地说:"这个时候我们不担当,谁来担当?病人信任我们,就不能把 ta 推走。虽然我们冒风险,但是为病人保住光明,这事儿很有意义。"

"受您熏陶,我们也把医学当信仰,不忘使命和忠诚!——院长您手术精准度够高的,病人房水引流的通道、虹膜周边的切孔都处理精到。跟着您,不想进步都不行!"

"这是大量实操的结果。"

"我想学您的风格,把手术做得快、准、稳——可我心里想要做快,操作起来反而不顺手……"趁现在有余暇,莫云超坦然说出困扰自己的问题。

黄旭微微皱了皱眉头,稍做思考后答道:"常言道,欲速则不达。你要让自己专注于怎样把手术做好,就按自己的节奏来,不要求快,不要被这想法困住……"

"在这里手术,我们从不带手机,不聊天,不分神,就是为了安全不出错,追求完美。现在的企业可以去尝试犯错,然后找到正确的道路——但是在眼科行业,却万万不可。无论一个医生水平多么高,如果受疲劳、分心等影响,在毫厘之间没有稳住手,对病人就很危险。"莫云超是眼科系硕士,有博学的文化素养,善于总结心得,以期提高自身临床手术技能。

"治病救人,没有容易二字。在国外,想成为一个医生,首先你要做一定的义工量,这可以确定你是否有爱人之心,其实学医本就是一件人文的事情,只有人文素质提高了,才能用心打磨出一流的技术。"黄旭非常赞同技术与人文并重的观念。

"您说得太好了!做医生就得有一颗善良的心。就是因为这份爱人之心,我们才常常做公益,您本人曾获海州市慈善工作先进个人。也正是因为这份善心,您在几万例手术中,都能牢牢稳住,这真不是一般人能做到的!"

莫云超眼中闪过一抹感动。一台手术做好不难,四万例手术都努力做好,那哪里是花精力就能完成的?每一台手术所囊括的技术技巧和学识经验,是局外人无法估量的。

黄旭轻轻叹了一声。这当中倾注了多少心智和热血,也许只有自己最清楚,所有这些都是创业之路的必需。

莫云超被招致麾下九个月来,深深为黄院长对待病人的那份严谨和真诚所打动,也目睹了无数患者复明和治愈后重新回到了生活的轨道。

他说起一台深入记忆的手术。那是两年前,一位70多岁的老年患者,因糖尿病并发青光眼,莫云超花了极大心思,给他做了手术,但效果并不好,反复多次补救均告失败,不得已让患者转厦门眼科中心解决。

"当时我在手术和药物方面做了最大努力,但是症状仍然难以控制,这是做医生最痛苦的事……"莫云超为此感到很"丧"。

"临床上有一种非常难治的恶性青光眼,是由于房水倒流到眼睛的后部引起的,因没有好的方法,最后导致失明。几年前我遇到这样的患者,悟出了七步联合手术,打通眼睛的前后部,保住了他的视力。"

青光眼发病机理复杂,手术方法也随着对其认知的发展而改进。黄旭向他讲清原理,以及独出心裁的技法,这比他看过的文献所介绍的还要前进一步,需要一次性完成多部位的眼睛手术!莫云超听了之后被折服了。

"潜移默化,让我受益匪浅。"莫云超说着,忽然顿了一下,"瞧我这记性,又忘了。今天是情人节,您该回家好好休息,陪伴爱人。我们几个轮着值班,您放心好了。"

前天，黄旭和方雪连着值班，负责病人的全部治疗护理，尽量不让其他员工插手。直到昨天下午近4点，姚阿婆的报告单才拿来，上面显示均为"阴性"的结果，大家心里才松了一口气。黄旭再次给她放了房水。他让方雪回家，自己继续留下来，以备不虞。

这一次的交谈，黄旭不由得联想起多年前的一位硕士挚友，许多回忆突然涌上心头，混杂着各种感触，说不出的滋味。

第三章
平凡中的美好

一位高个子，戴口罩，头发有些花白的医生走到诊室门口，往里面一看，黄旭正坐在诊桌前的椅子上，翻看着面前厚厚的一沓病历。

他一边走进来，一边说："黄院，有人在线上求助，75岁的王大爷视网膜脱离两个月，在别家医院看了，都让他到上级医院手术。家属急了，说现在去大城市不方便，不敢去，也不知预约到何时——"

疫情期间，为减少病人来医院的感染风险，医院提供线上咨询和诊疗服务。姚杰、莫云超、谢国栋、倪翔宇、张巧娟五位医生轮流着在线工作。姚杰于前年在大医院退休后，受聘于五官科医院，继续发挥余热，踏踏实实为患者服务，内心感觉充实。

"患者检查情况？"黄旭问。

"通过眼底照相，可以看到患者的视网膜呈牵牛花形脱离，增殖的膜像一团揉皱的纸。诊断为右眼D3期视网膜脱离、双眼年龄相关性白内障。"姚杰说着便把手机拍的单子递给他。

黄旭看了看，立即说："这个病越早手术越好——视网膜脱离了不及早贴附回去，细胞功能要受影响。你要他先做新冠筛查，再来这儿住院。"

　　姚杰也很明白，患者的这种网脱极为难治，是由于眼内深部引发了玻璃体增殖性改变，需要在"感光底片"上进行微米级的手术，细心剥除这些增殖的极不规则的组织，并将褶皱的视网膜一点一点抚平还原……这个过程如同波诡浪谲的"陷阱"，万分之一的闪失就是百分之百的悲剧！

　　姚杰仍然站在这里。黄旭抬头瞥了他一眼，见他眼里浮现着一抹幽光，似乎在想着什么，便问了一声："怎么了，你？"

　　"我知道自己不应该说，但还是想说。前些天我看了一则报道，说一个5岁女孩因右眼不适到医院治疗，医生对女孩实施视网膜复位手术，结果右眼视网膜被切除导致失明，女孩父母将医院告到法院。可怜的孩子一只眼睛看不见了，走路很费劲，经常会撞到墙……"

　　黄旭叹息一声："这是眼科医生最不忍看到的——其实，哪个医生不想手术成功？虽然不知道意外什么时候发生，但是我们对每个手术做到什么程度，如何去做，术后恢复到什么程度，一定要心中有数。"

　　姚杰心说：做起来哪那么容易？一个医生要经过多少磨砺，才能在那个神秘的地方为患者夺回光明。"我这就去回话。唉，我们就得做别人做不了的，哪怕只有一丝希望也决不放弃……"

　　姚杰出去了。一会儿后，门口走进来一对年过七旬的戴口罩的老夫妇。老大娘一边把挂号单递给黄旭，一边睁大混浊的眼睛打量着他，随后问："请问你是黄旭医生吗？口罩遮了你的面孔，我都认不出来了！"

听到他的回答后，笑容从她的前额铺展到眼睛："28年前，我见过你，找到你不容易啊……我娘就是你给做的白内障手术，到现在还看得见……"

时隔28年，再次见到当年的黄医生，叶大娘非常高兴，说话都有点语无伦次。

"我本想迟些来的，可左眼像被遮盖了一样，还针扎般难受，城里医生说要动刀子，我第一个想到的就是你。打听了好多人，才找到这儿来的！"

32年的从医生涯，经黄旭诊治的病人，数以十万计，有不少由他主刀的老人，在时隔20多年后，他们的儿子或亲戚又大老远地找来，请他主刀……

平凡的工作中总有很多意想不到的感动，黄旭他们经常收到很多普通人的感谢之情，让他们感受到这个世界还是有很多美好，医患之间还是有真情的。

"我们这次来，也是为了来谢谢你。谢谢你帮我娘手术做得好，这么多年，没查过双眼，她一直没事……"这事儿，叶大娘一直记在心间不曾忘记。

仿佛穿越岁月的另一端，黄旭有一瞬间的恍惚，微微的酸甜荡过心底。他眼中漾起笑意，"哦，28年前，我还是健岚卫生院里的小医生，在那儿待了两年。"

村里人喜欢唠嗑，她又说："小医生就这么厉害，那还了得！一听说有人眼睛不太好，我娘就会夸你。她还说当年手术时，你们用酒精炉取暖……"

叶大娘说的取暖，其实是为了保持手术显微镜镜头的清晰不起雾！这个细节一下子把黄旭带回了28年前的手术现场。那时冬天没有空调,在零下一二度的天气里,黄旭让护士燃起酒精炉,纯蓝色火焰为手术间提供热量,降低湿度,减少温差,只为尽可能久地保持视野的清晰。

根据术前检查数据,叶大娘左眼白内障视力不足 0.1、近视度数 200,右眼的轻度白内障先观察。既然认定了黄旭主刀,她心里就不会打鼓,感觉很踏实。

任晓丽半躺在沙发上,莫云超坐在小凳子上,帮她剪脚指甲,余下又厚又硬的右大趾甲了,尖尖小剪刀刚伸进指甲缝里,任晓丽就疼得"哎哟"一声。

"怎么了?药水泡了这么久,还疼?这趾甲长到肉里去了,得从边上一点点剪开。"莫云超小心地下剪,一边诙谐地逗她,"老婆,好在你嫁给眼科医生,换作外科医生,八成拉着你到医院拔甲了。"

"是啊,是啊。我要告诉所有的女人,她们应该找个眼科医生做老公。"任晓丽俏皮回应。

任晓丽瞧瞧着丈夫仔细的神情,手上温柔又稳当,她享受着被宠爱的幸福,眼睛里满是快要淌出来的爱意——果然是我独具慧眼,才一眼认准你,这才是爱情应有的样子。

"截至 8 日下午,武汉已有 11 家方舱医院休舱……"电视里传来播音员字正腔圆的声音。

眼下,国内疫情无疑向好,民众都松了一口气,从心底感谢奋战在抗疫一线的医护人员。

"其实,无论在前线,还是在后方,目标都是一致的。你们白衣战士都是英雄!"任晓丽嘴角扬起好看的弧度。

莫云超神情认真地说道："给患者解除痛苦是医生的天职。我们做的都是普普通通的事情，也不是什么高大上的。"

任晓丽把脸一侧反问道："你不是说过，你们做的手术是最奇妙的艺术，不是艺高胆大、心细如丝的人做不了吗？"

莫云超欣赏地笑了，眼睛眯成了月牙。因为一直将身心放在工作，也就一直单身，直到去年，经人介绍认识了她，或许是磁场相吸吧，彼此竟看对了眼，觉得遇到了对的人，真是千里姻缘一线牵。

新婚三个月，他们并不躲在婚姻的壳里，贪图安逸。他们懂得支持、疼惜彼此，两个人在爱与责任中互相滋养，共同成长为更好的自己。

莫云超仍旧花费很多时间到医院。任晓丽耕耘在三尺讲台，铺垫学生成长之路。为陪伴学生共渡疫情难关，老师每天上网课，付出比平时还多，要建立题库，课后答题，批改作业，还要熟悉多种教学平台。

"给你看一样照片里的东西——"莫云超从手机翻出照片。

任晓丽好奇地凑过去看，是黄院长和纱布蒙眼的患者合影，笑得特别灿烂，两个人手里举着一张条幅，上面写着："耀手展神术，忠善赐光明。"再一看落款署名，她张着樱桃嘴，过了一会儿，才问："真的是那位著名的艺术大师写的？"

"海州还有第二位同名同姓的吴大师吗？这书法笔力苍劲、潇洒，写得太漂亮了！"

吴大师是何许人也！他以飞旋的砂轮作笔，在玻璃上雕刻的艺术品，美妙绝伦，巧夺天工，被誉为"当代一绝""东方奇葩"；他的名声不仅誉满全国，而且叫响世界。他创办了我国第

守望光明

一家玻雕艺术馆，曾作为国家、省、市文化的友好使者，三飞美国、七渡日本，足迹遍及20多个国家和地区。

"吴大师的亲戚朋友是找黄院长做的白内障手术，对效果非常满意，为表谢忱，他亲自书写条幅，赠送墨宝。"

莫云超心中佩服，也感恩遇到志向相同的人。黄院长虽然要求严苛，为人严肃，但他从不背后整人，不编排别人，不刻薄，不摆谱，把自己定位于服务者，他那种院长才像个院长的样子。哪像自己原先所在的那所医院，中层干部一当就是一辈子，别管他品行好不好，科室都是他说了算，简直是他的王国。

他对真实情况了解得越多，就越感到无可奈何。上司应该是先做好自己，然后才能影响到其他人，哪有时不时想找岔子整人的，这使他生出一股无名的力，敦促他理性地思考自己人生的方向。

"难道你的下半辈子只能这样，始终活在别人的阴影下？长此以往，你能接受自己一直这么忍受下去？人的一生，究竟应该怎么度过才更有意义？你真正向往的人生是什么样子的？"他兀自心问口、口问心地纠葛。

"我的心渴望一种更加惊险的生活。只要我的生活中有变迁和无法预知的刺激，我是准备踏上怪石嶙峋的山崖，奔赴暗礁满布的海滩的。"这些最热血的话不时浮上心来。

今后的发展何去何从？与其漫长地被人左右，不如重新制订一个成长的计划，重启自己的人生。人总是要尝试一些改变，而不是一味地接受现实……于是，他清醒地做出选择——放弃事业编制，从公立医院辞职！

莫云超弯着腰在水池边洗碗，思绪随着哗哗的水流而流淌，他觉得这是一种放松心情的方式。他收拾完了厨房走到阳台妻子的身旁。

任晓丽回头看了他一眼,将头靠在他的肩膀上,他看着她平静的脸庞,感受到什么是安心。

"在庸常的物质生活之上,还有更为迷人的精神世界……"她望着月亮,心中抒怀,又生发开来,"作为老师,我们应该有像月亮一样纯洁的精神,培育出有胸怀的学生。"

"事实上,我们都有自己心中的'月亮',它是我们前行的动力。"他顺着她说,两人相视而笑,莫逆于心。

"青年时我们渴望一种惊险的生活。这几年,我深深体会到,现实生活中最能体现这种惊险的,竟是那一台台手术,那些过程,每分每秒是怎样的谨慎又惊心……"莫云超比别人更多思考与自省,并和妻子无话不谈。

"有的患者因为眼疾,毁掉了幸福,毁掉了亲情。我在这家医院,看到许多治好眼病的患者,回到正常生活,收获了信心和勇气,亲情和爱情。"

莫云超又点开了一张萌宝宝的照片。

"超可爱……"任晓丽赞叹。

"这里面有个故事美丽动人。这位宝宝的父亲遗传了他父亲的眼疾,他在7岁的时候,是黄院长给他做的手术,挽救了父子俩的生活。这位患者很有才,他把这经历写成了短篇故事,发布在医院公众号上。"

"是吗?那待会儿我要认真读一读。"

莫云超打开了裴辰庄所写的公众号文章。

第四章
跨越十六年的锦旗

　　眼睛是心灵的窗户，眼睛更是美丽爱情的窗户，顾盼生姿，眉目传情……俗话说得好，眼睛好看，赢了一半。一双闪亮的眼睛如同最闪耀的宝石，不但为人的脸庞画龙点睛、增添神韵，而且可以透过眼睛吸引对方走进自己的心灵世界，走进欢乐、美好和幸福。

　　一个舒适的秋日下午，我和由依并肩走进公园。循着幽幽的清香，只见前方花圃里的菊花竞相绽放，娇娜万朵，白的、黄的、紫的……一株株在暖阳与微风中摇曳生姿，争奇斗艳。

　　太美了！由依兴奋地朝花海跑了过去，轻轻抚触舒展的花瓣，凑近闻一闻花里暗香，一边赞着："好美啊！"

　　我举起手机，用镜头定格住她的仪态万方，接着给这张照片命名：梦中的公主。于是走过去，笑着让她自个儿看。

　　"人比花娇花无色，花在人前亦黯然。"我边走边吟，又含笑说："那些花花我统统忽略，在我眼前只有一个人——"

　　她会心地笑起来，眼波流动，朱唇微启欲言又止。

我不失时机地发挥自己的特长,向着她黑樱桃似的眼珠儿柔声说:"你的眼睛里有明亮的星辰,有和煦的阳光,有火热的青春,有甜甜的棉花糖——这世上哪里能够找到,比你的眼睛里蕴含更多的呢?"

她咯咯地笑着,笑得花枝乱颤。

"我没有你说的那么好看,不过,你这个人倒是挺有意思的。"

"我用一切赞美的词句形容你,都不为过!跟你在一起,往日所有的晦暗都飞到了天外,我的心情就像蓝宝石般的天空,一碧万顷,阳光明朗……"

为赢得眼前人的芳心,我变得前所未有地文艺,调动大脑里的储存和新学的美句,时不时地淌出妙语。

"我听谁说过,会说好听话的男同胞大多不可靠。"

"你是想说我油嘴滑舌?有人这样评论过我吗?他们不损我笨嘴拙舌就好了——说来奇怪,在你面前,我总有好多好多的话想说。我变成了浪漫的诗人,甜蜜的情人,我的心充满了最纯美的东西,是它们饱胀得太满了,流出来了。"

她略微发怔地瞧着我,忽而一抹绯红袭上双颊,这抹红云让她显得愈加妩媚,惹人爱怜。我闭上了眼睛,不敢造次,因为我心底有一份不可诉说的秘密和隐痛。

且把深情融入眼中,她那漆黑如墨的瞳仁里映出了我的模样。凝望中,彼此的情愫在内心潜滋暗长。

"听,里面传来唧唧的虫鸣声,嗡嗡声,它们好像向我们传递生命的美好——"

我打破了沉默,伸出一半的手又缩了回来。索性快走几步,由依很快跟了上来。

由依是我在一次同学聚会上认识的,她是我初中一个同学的闺密。那个晚上,她白色吊带背心外穿搭一件裸色开衫,下面黑色九分裤露出雪白的脚踝,第一眼看上去很干净纯洁。她身材略显丰腴,两颗黑珍珠般的眼睛,闪动着青春、热情的光芒,可惜鼻梁有点低,但整个面部看起来很柔和,刚好是我喜欢的类型。

此后我经常联系久未联系的那位同学,约请她和由依一起去看电影、逛公园,同年龄段的男女会有很多话题,她们被我的热情洋溢同化,同学注意到我落在由依身上的目光,看出我是"醉翁之意不在酒",便有意退出撮合我们。

现在我和由依交往四个月了,双方喜欢谈从书中得来的心灵鸡汤、生活感悟。由依是孩子心性,她在工作中遇到的不快会向我坦陈,我用我的乐观、正直感染着她。

后来从她口中得知,他父亲在她13岁时便外出做生意,一年到头只回家一次。我猜测,这大约是有人追她但她没动心的缘由——对男人缺乏信任感。

两个人的时候,我会向由依展示自己最好的、认真的、温厚至善的一面。能成为她的一股暖阳、她的精神依靠、她坚强的铠甲,是我最最幸福的源泉。我可以为她做任何事,给她最笃定的安全感,给她公主般的宠爱,只要她愿意。

又一个皎洁的夜,月光翩跹着,低吟着,洒得万物景致朦朦胧胧,亦真亦幻。由依衣袂飘飘,楚楚动人;我柔情万千,含笑凝眸。恍惚间,似乎我们都是画里人,梦中景。

我幽幽开口:"由依,不知道为什么,我总是有一种不真实的感觉。每每跟你在一起,我好像不是在现实的生活中,而是在梦幻的场景里。"

由依咧嘴一笑,洁白的牙齿在月光下分外可爱:"我们是被月下老人牵引着来到这里呀!我情愿静静地坐在你身边,什么也不想,挺好。"

她移了移身子,坐得离我更近。世间情动,不过盛夏白瓷梅子汤,碎冰碰壁当啷响。或许她自己都不知道,她内心已悄悄地喜欢上了我这个知心体让的男孩。

我强压着澎湃的爱意,眼睛望向泛着银光的湖面。

"你知道吗,我害怕某一刻你会突然离我而去,并且一去不回,美好的时光戛然而止。"我带着苦涩的滋味说道。

她站起身,伸手在我眼前晃了晃,注视我的表情:"喂!你不是在说梦话吧?怎么会这样呢?你是个阳光男孩,啥时变得这么伤感?"

"由依,咱面前的一大片湖水,也载不动我对你的情意,我甚至愿意把心掏出来给你。可是,在我心灵的某个角落,潜藏着一个秘密……"

幽黑的眼中闪出疑惑:"究竟是啥秘密?莫非你,有过女友——"

大三时,有一个各方面都比我优秀的女孩向我告白,我婉拒了她,因由是这个秘密让我自卑,觉得自己给不了她幸福。事后我意识到自己想太多了,现在做近视矫正手术的年轻人很多,我眼睛并不比他们差呀!

"由依,我们之间的感情是那么纯洁,那么神圣,我不愿对你有一丝隐瞒。"我甩了甩头,甩去凉薄的世情,丢掉心中的梗,娓娓道来:

"事情是这样的:我父亲早年眼睛有问题。去省城做了检查,医生说他患马凡氏综合征,眼睛需要手术,还说,可能会遗传,这让他很害怕……1999年他遇到了好医生,双眼先后请这位医生做了手术,效果居然不错。等我长到7岁时,父母就带我去找那医生,他诊断我也有这眼病,依次给我做了手术。"

由依低下头若有所思。我心微微一颤,忙向她进一步解释:

"实际上,我的病并不可怕。我查过,对照标准,我父亲的病不完全是马凡氏综合征,我自己更够不上。因为这病会有心血管病变,而我们父子却都没有。我个人除了眼睛有不足,其他的都对不上号。"

问题是,在我们乡镇,人们谈"遗传"两个字色变。

"没有同学知道这个秘密,因为我是在上小学之前做的手术。换作他人,肯定不愿提起,可我更愿在你面前打开心结。我常常想,或许正因为人生有缺憾,才养成我不认命的性格,让我用努力去弥补。"

由依的心弦被触动了,她转过脸盯着我的眼睛瞧:"是啊,你眼睛里有丰富的'表情包',看上去那么光亮,有神采,怎么会有病呢?听说有人长着死鱼眼的……天下病人多的是,有病就治呗。"

我的眼光就是厉害,由依果然是知性、善良、打着灯笼都难找的宝藏女孩!两颗心比先前越来越靠近了,我不能自已,轻轻

牵起她的指尖,心中怦怦乱跳,倏然,甜蜜的忧伤和酸涩交错:

"就是怕这幸福会从我的指尖溜走……"

她把手挪向我掌心。

"你不用想太多。"她用安慰的口吻说,"你是令人疼惜的好人,现在的医疗水平更好了——"

"你回去考虑考虑。这样,我去一趟省城医院。16年了,因为没有不舒服,一直没查过。"

"很好。你眼球内的人工晶体稳居中心,缝线完好,大小和度数合适,这是非常难得的!——你想一想,经过了16年的发育、扩张,当年植入的晶体没有发生偏移、晃动,预算这么准确……"五六十岁的老专家,看完报告满意地解释,好像是他给做的手术。

"您是说,我7岁那年做的手术很成功?那请教您一个问题,假如手术不成功会有啥结果?"我礼貌地探问。

"很有麻烦,你自个儿查。"一副黑框眼镜让他看起来严谨稳重,"当年你是在哪里做的手术?"

"我是在岱江区人民医院做的。"我坦言。

"什么?一家区级医院?2002年的时候居然能用这种做法?"他面露诧异。

"正所谓高手在民间!"此时我有了一丝得意。

网上预约到省内知名专家号,做了一番检查,结果正如我感觉的那样,手术后的双眼视力1.0左右,散光较少;查过心脏也正常。健康的状态令我的心轻快得飞扬起来,快乐的脑海里浮起那专家不可思议的表情，忽然有一种感动涌上心头。

回来路上，我搜查了有关晶状体半脱位的疑问解答，看到有的家长为孩子这病漫漫求医，有的孩子手术后视力恢复不佳却被告知不宜再次手术的痛苦，如果手术不好会有青光眼、视网膜脱离等难缠的眼病……

一旦眼睛出了问题，人生的乐趣将会丧失一半。此时此刻，我深深地意会，当年给自己主刀的大夫有多么伟大！父子俩何其幸运。如果没有他，我不知道我的眼睛会怎么样。我们能有这么好的生活质量，有这么多的岁月静好，多亏了他的神术啊！

一双明亮的黑眸带给我明朗阳光和浪漫恣肆，更有温柔美好的爱情……

逆着时光，透过氤氲的岁月，那些情景，恍若眼前。记得我单独跟着工友走进手术室、大门合上的刹那，我就没来由地心悸害怕。

穿过肃静的长长的走廊，看到被"包裹"得只露出一双眼睛的医护，我的心被恐惧填满，目光向四处寻求着庇护。这时，水池边一道颀长的身影映入眼帘，高挑的个儿让我一眼认出他——我的主刀大夫黄医生，他与旁边的医生说着什么。

"黄医生——"我怯怯地唤了声。

"裴辰庄——"黄医生扭头看到我怯生生的模样，向我走近几步，俯下高高的身子，亲切地鼓励我，"别怕，要勇敢，等你睡上一觉，叔叔就给你做好了，保证一点儿都不疼！"

轻松的话语，慈爱的目光，眼角的笑意，帽子口罩遮不住的光芒，如融融春日熨帖着我幼小的心灵。我认真地点了点头。

诚如所言，手术床上没几秒我便失去知觉。醒来后很快就见到爸爸妈妈了，眼睛裹着白纱，真的一点儿也不疼。

那时父母带着自己看病、住院、复查，一整套程序下来，只感觉黄医生人非常和蔼，很好说话，同病房的人都夸他。父亲和我先后找他做了四次满意的手术。我们也把他对病人的种种好处视为当然，似乎是他职责所在，分所应为。

知晓结果后，父母也喜出望外。母亲回忆，当年她感念黄医生的好，曾私下送过红包，他怎么也不肯收，只好作罢。

"假如，我们到大医院去做手术，不知要增加多少麻烦和费用——还不知结果如何呢。现在想来，我们欠黄医生一个正式的、郑重的感谢啊！"这份感激之情抑制不住地在我胸口泛滥。

"明日我乘车去那医院，寻访黄医生——"

四天后的下午，我和母亲专程赶到五官科医院。在岱江人民医院眼科，我兜兜转转问了几个医生，才得知黄旭已经从那儿离开，在这里创办了医院。

黄旭从手术室出来，脱去口罩的那一瞬，他面带浅笑，依稀当年的模样。我激动地上前，紧握他的双手，又用手比画一个高度说：

"我就是16年前，才这么高的小孩呀……当年，您的形象一直在我的脑海里。能重新见到您，我们非常高兴！"

母亲打开鲜红的锦旗，递到黄院长手中，旗面上"神术赛华佗，真情如家人"十个字熠熠生辉。

"谢谢！谢谢你们这么远特地赶来，这是当医生最开心最幸福的事。"他脸上洋溢出比太阳还要灿烂的笑容。

有不明情况的患者家属凑过来,我跟他们解释:"16年前,黄医生治好我的眼病,这面锦旗迟到了16年!"

虽然这里办公室、走廊挂满了锦旗,但我认定,我送的锦旗所蕴含的意义与人情味无比厚重,它仅仅能表达我心意的万分之一。

故事到这里貌似该结束了,但是,次年春天发生了一个插曲。

我和由依两情相悦,一起走过冰冻尘封的冬天,迎来万物复苏的春天,快要订婚了。生活的顺遂使我有点飘飘然。

一段时间,我喜欢下班后和同事打篮球。然而,在最近一次运动中,"砰"的一声,我两眼冒金花,篮球砸到了我的眼睛!痛得我捂住眼睛蹲下身子,害怕极了!如果受伤严重,再做手术,那该如何是好?

拨打黄院的手机没反应,想必他还在紧忙。同事急忙联系了朋友,开车送我去五官科医院。

见到黄院长已经是晚上7点多,他刚下手术,额上闪着汗珠,脸上留着口罩印痕,但英气焕发,那是一种心力劳动之后得到的平和愉快。显微镜下,他仔细检查了我的眼睛,让我去测眼压、做欧堡激光扫描。

"你这是撞伤了虹膜根部,有点渗血,这部位距离你先前手术的位置很近,幸好没有断裂,眼底也没有出血。——这种情况会自己愈合,不需要手术,点一种消炎眼药即可。"他很专业地解释。

现在医学进步了，医院设备也在跟进，这么高科技的仪器检测，不用散瞳，很快就扫出眼底受伤的情况。今晚这么着急忙慌地来看病，挂号买药做检查，满打满算也就170元左右。

外头风传，开医院很赚钱。然而，来这里享受这么廉价快捷的医疗，一切偏见都得以改变。看来，遭受误解是民营医院的必修课。黄院长关爱病人，尽力奉献，在他心中，钱财远没有为病人解倒悬之急重要，因为总有一身读书人的风骨支撑着医者的良心。

走出医院，我蓦地心疼起他来。这么晚了，他没顾得上吃晚饭，他这样日忙夜忙，手术台上拼的是真材实料，耗的是生命活力，太艰辛了！

第五章
全城最好的医生

　　太阳刚刚升起,朝阳的霞光从窗帘缝隙斜射进来,眼前终于不再是一片灰暗,范大爷安下心来,轻轻起身拉开窗帘,晨光立刻铺满了病房。

　　护理父亲的淑芳,赶紧起床给老爸打水擦脸,扶他上厕所。范大爷自己忙着洗漱叠被,归拢物品。各自忙完后,工友送来热腾腾的早餐。范大爷与刘大爷虽然眼睛盖着纱布,但是希望的光芒已经照进他们的心中,他们有说有笑地吃完了一顿营养的早餐。

　　上午8点16分,一群身穿白大褂又佩戴蓝色口罩的医护人员鱼贯而入,领头的是黄旭院长,他们来到范大爷3号床边,站成一圈。伴随着礼貌点头,黄旭和气地问:"您感觉怎么样,眼还痛不痛呀?"

　　范大爷满意地点了点头:"托您的福,今天不太疼了,感觉好多了。"

　　"别着急,慢慢养,您这病还得挂针一周。"

　　倪翔宇抬手将范大爷左眼上那块白色纱布轻轻摘掉,众人的视线都集中在他脸上。大爷张开有些肿胀的左眼，定睛向前向左向右看，露出了难以置信的表情，这让他喜出望外。

"啊，这只眼睛能看得见了！"

看他恢复这么快，那由衷的笑意在皱纹里流淌的模样，大家的心也莫名被感染了。

范大爷疼痛缓解后不仅身体重归舒适，心情也无比愉快。然而谁知道呢，就在两天前，他眼前还是一片愁云惨雾。

"范大爷左眼红肿、疼痛、怕光、流泪一个月，视力只剩光感，诊断为'左眼眼内炎'，在外院经过玻璃腔注药后未见明显好转，由于病情凶险，存在摘除眼球可能，遂经人推荐来我院，昨天下午在表麻下行左眼玻璃体切除术……"倪翔宇汇报病历。

倪翔宇是青年住院医师，毕业于医学专科学校，他仰慕黄旭的名气而来，跟随他可以学到很多书本上学不到的东西，每天看到患者能重新欣赏这世界，满怀光明和欢笑而去，他也感受到一种"全新的体验"。

"眼内炎是眼科最严重、最棘手的疾病之一，虽然发病率不高，但对眼组织、视功能破坏非常大，你们谁来说说该病的病因与治疗？"黄旭锐利的双眸扫过全场，最后落在青年女医生张巧娟身上。

张巧娟是中西医结合毕业，是有内外科工作经验的执业医师，她对工作有激情，想着不能比别人差，就把眼科的知识认真学起来，她还暗暗地努力着，期望考取医院事业编制。只见她从容应答：

"眼内炎是眼睛里边的结构发生了化脓性炎症，分为外源性和内源性两种，常见致病菌有金葡菌……"

刘大爷忐忑不安地坐在床上。他是独眼,全靠右眼视物,然而近年来视力逐渐下降至视物不见,接近全盲。他的心怦怦猛跳,随着眼睛上的白纱被揭开,他慢慢睁开眼睛,满是皱纹的脸上露出几分喜色,竟一时说不出话来。

莫云超在他眼前伸出两个手指头:"这是几个手指?"

"两个!"刘大爷回答得很干脆。

话音刚落,病房里响起一阵掌声,所有人的眼神都透着一丝激动。

"咳,大爷,我们都为您高兴!"莫云超接着报告病史,"患者小瞳孔、角膜白斑、大黑核,加上他本身还有2型糖尿病和高血压,病情复杂。昨日应用散瞳药只扩大到4毫米多,在小瞳孔里完成手术……"

黄旭就手术过程中的关键环节做了讲解:"这个手术面临的困难情况有:一是术野暴露困难,容易伤及虹膜、悬韧带;二是小空间黑核劈核困难……"

这里,洋溢着一种自由的学术探索气氛。他们常常在一起分析难点,不断增强业务能力。

刘大爷走到窗前,不禁感慨:"我跑了几家医院,以为自己以后肯定就瞎了,没想到院长救了我的眼睛。你看,医院前面的树、房子我都能看到了,真开心!"

刘大爷的情况如果不尽早手术,他仅有的光感将一点点丧失,黑暗将彻底将他包围。拯救眼睛,让患者的生活发生巨大的变化,这是医生最乐于看到的。

"快了,还有两个近视手术。"护士放下话筒,拿起夏墨涵的就诊卡，在电脑上输入了什么，然后对何彦说："请您先带他测量眼压。"

"好的，谢谢。"何彦低头看看手机，时间是 12 点 15 分。

即便是在家中上网课，儿子也不肯落下一堂课，直到中午放学后，她才带着儿子开车过来。可敬的黄院长，常常在手术间隙或结束后下来看诊，让学生享受到"特需服务"。

原来，几个月前，孩子的左眼有点发红，看了医生点了药水，不想吃了海鲜又加重，使用激素眼药两周多，炎症压了下来。然而这次过年放松了警惕，炎症钻了不良习惯的空子发作厉害，孩子整个眼睛又红又肿，看起来很可怕。

2 月恰逢新冠疫情爆发，开始时通过线上咨询用了药，但没见效果，这让妈妈非常着急。当获悉黄旭院长每周两个上午开放门诊，何彦赶紧带儿子来求诊。

检查的结果，夏墨涵的炎症居然弥漫到了角膜，殃及角膜上皮混浊。

最美丽的心灵窗口，却是特别脆弱！何彦查阅了大量的有关知识，一阵阵前所未有的惶恐和不安占据了她的内心。

第二次就诊的时候，她问黄院长："请问这会不会是病毒和细菌混合感染呢？"因为如果是这样，治疗及预后会很不同。

"不是病毒感染，也不是过敏性红肿——"黄院长与其他专家的说法有异。

"我在网上看到，有角膜炎患者迁延两年多未愈的，医生建议他做角膜移植——"

"放心吧，你儿子的这角膜炎与他们的不同。隔三天来复查，监测眼压。"

听着他充满自信的话语，何彦若有所思地打量着他。

他身上有一种书卷气、竹节气交混而成的崇高神韵，这种特有的气质应该是他的内在沉淀而成。他能一眼看出病因，背后是深厚的医学底蕴，这让何彦心中的疑惑被一份信任取代。

这一两个月以来，夏墨涵的左眼渐渐恢复黑白分明，一家人欣喜万分。事实证明，黄院长的诊断和治疗思路是正确的。

母子俩在走廊里转悠，这二楼有四间诊室，诊桌上摆着的仪器看起来挺高级的。墙上宣传橱窗上的照片，何彦每次从这儿过都要看上几眼。

这张医患和谐一家亲的图片占了橱窗面积的大半，"华厦眼科集团创111岁全国白内障手术年龄最高纪录"的红字环绕着照片。

这位老寿星，板板正正地坐在轮椅上，白头发在脑后挽了一个髻，斜襟黑布衣裳平添了一份岁月感，她富态松弛的脸上，黑眼珠看起来发亮，应该是手术更换"镜头"后的缘故。

阿婆右侧站着的是其儿媳、儿子，她身后站着两位年轻爽利的护士，立在老人左边的这位一袭白衣，身姿高挺，丰神俊朗，黑眸澄澈，笑容温和如春风、如皎皎月色者便是黄旭院长。

当年第一眼看到这个照片，何彦不禁暗自惊叹，天下竟有如此纯净清澈的男子。那眼神和笑容，干净得不带杂质，背后的朝霞白云映衬着他，散发出一种温润圣洁的光辉，仿佛是"光明天使"降临。

六年前的某一天，何彦带父亲去人潮拥挤的眼科，好不容易轮到看诊，却被医生告知："翼状胬肉是眼科小手术，不是由专家级别的医生做，而是由门诊医生操刀。"

父亲双眼生"攀睛"二十年许,直到累及视力与眼球转动,他才强烈要求手术。

"网上不是说该手术做不好容易复发吗?况且这胬肉都顽固地长了二十年啊!"何彦问出心中顾虑,让资历浅的医生在眼睛上动刀哪能放心!

"这里一直都是这样的。"说着,那医生拿起下一份病历。

何彦这才领会,在喧嚷的门诊,并不都是"以病人为中心"的。

友人建议她去五官科医院,说那边都由黄旭院长亲自操刀。何彦早听说过黄旭的名气,在商报上看过有关他的报道,对他存有好印象。

那是一个秋日杲杲的下午,何彦和弟妹陪着父亲,坐在这家医院七楼手术室外的会议室,柔和的光线直直地投入房间长圆形会议桌上,将二十余平方米的室内渲染得既明朗又干净,既宁静又庄重。

父亲被安排在下午第三台手术。他被护士安全送出,说手术顺利,没觉着痛,状甚愉快地说要介绍熟人来这手术。

后来父亲双眼恢复得很好,视力也有增进。何彦当时在手术室外未见着黄院长。不过,这份感激之情藏在心里——藏着并不等于遗忘。

何彦下意识地想起去某著名城市看中医的经历。那是几年前的事了,她和弟弟一道陪着母亲,买了黄牛票又等了一个小时,才得见那位传说中的"神医"。

当时何彦快速地说起母亲的病况,然而没说几句,那"神医"就轻慢地做了个手势:"让她自己说!"母亲期期艾艾地只说了一句。他"目中无人"地把下脉,瞄一眼出院记录上的诊断,就把病历资料往他对面的诊桌上推，让坐在那儿的小医生下处方。

何彦呆愣住了。300元的黄牛票，就这样一下子被打发了，连提出问题都不让？更别提带去的影像片了，看了也是白看。这个医生神情中流露出来的傲慢和不耐烦，让其之前在何彦心中矗立的幻象，一下从高处跌落谷底，轰然崩塌。

瞧那些病人家属提着一蛇皮袋中草药，似乎手里抓住的是救命"神药"。她心想，既然下处方的是小医生，那说明他们是按病种下药，处方一致，不管每个患者的病情分期及症状差异……

"院长来了！"儿子的声音，把她从记忆中唤回。她回过头，对黄院长说："辛苦！辛苦！"目光中满是理解和感动，他还没顾上吃午饭吧。

显微镜下检查后，黄院长对夏墨涵说："你的角膜已恢复，现在结膜还有炎症，消退需一个过程。"并调整了点眼用量。

一股酒精气味萦绕，何彦注意到，护士又在用棉球消毒仪器与皮肤接触的部分，预备给下一个病人用。

何彦道过谢后，出了诊室。无意中回头一看，咦，黄院长已经靠在椅背上，两手按揉着太阳穴——唉，唉，特殊时期，越是默默守护，越是让人尊敬，她看着他疲惫的样子，心里怎会不受到震动？

黄旭疲倦极了，就算闭着眼睛小歇，那些事儿也不肯从他的脑海里退去。这疲倦不仅是体力上的，更是来自内心。每每他在为医院收支的平衡烦恼时，种种忧虑就纠缠在他心底。这忧虑他绝不会对任何人说，包括妻子在内。

疫情笼罩下，医院2月份遭受了严重的亏损。一方面，门诊、手术数量急剧减少；另一方面，医院增加了疫情防控的支出。3月份业务渐渐恢复，但住院量和手术量比去年同期下滑超过40%，医院现有资金支撑不足两个月……幸好有集团支持。

他苦笑了一下，现在各行各业的运营都够惨的，要相信乌云上面有晴空。这些年，他愣是带着团队踏过了各种坎儿。现时应该先稳住员工的心，给他们一个坚守的信念——再糟糕的境遇也要往前走。

因为疫情，很多需要复诊的患者都来不了。黄旭就利用周末驱车到他们家，姚阿婆、叶大娘、王阿公……雪中送炭，花这样多的时间很值得，每当看到他们满脸的笑容，那种"拨云见日"般的喜悦，怎能不受感动？怎能不从这里头得到慰藉和快乐？这些快乐能给大家的工作注入新的动力，也是医生守望光明的意义所在……

夏墨涵的左眼又闪起像星星一样的光，这回可以慢慢停药了。母子俩一前一后高兴地出来，旁边有个女人的声音："哎，这位妹子，请你等一下——"

何彦抬眼看了看，是一名戴口罩的妇女，她右边站着一位大伯，他口罩往下滑，右眼上有纱布，看样子显然是妇人的丈夫。

"请问你在这儿找哪位医生看的眼病？"

"怎么，难道这位大伯不是这医院的病人？"何彦心里一个疑惑。

"不是。"大伯一只手按住纱布，似乎这眼睛痛甚。

"这医院的院长名字是叫——黄旭吗？"

"正是。你们是找黄旭院长看眼病吗？快进去吧。"何彦指点。

"我们在门口四周看了很久……妹子这么熟门熟路,看样子对这里熟悉吧?"妇人投来疑问的眼神。

"听说他技术不错……我想,万一他不像我们那边医生说得那么好,那我这眼睛岂不要废了……"大伯语气里满是犹疑。

何彦不解地问:"你能否大致说说是啥状况?"

"我在自家那边儿医院,做白内障手术,没几分钟,就感到眼睛钻心地痛,医生慌了,说我手术特难做,失败了……他们要我找海州五官科医院……我们打车好不容易来到这儿,却看医院门面小,怕弄错了,站了两个小时不敢进去。"大伯苦着脸诉说。

何彦抬头看,天色已暗淡下来:"除了这儿,还能转去哪里?——黄旭的技术,没得说,他是全城最好的医生。"

望着他们的后影,何彦自语道:"人们习惯戴着有色眼镜看民营医院。"

何彦熟悉这里的情况,自己心里就能有个比较。两年前,她在这里深入追索探究,所有一切在她心中留下难以磨灭的印象……

第六章

钉子射入眼睛后

2017年8月22日,将近日暮时分,天色骤然暗下来,半空中的乌云像一大块帷幕渐渐拉下,风儿厉啸着,旋转着,吹得树木猛烈地摇摆。预感到大雨要来了,镇上的人们不由得加快了脚步,变得匆忙起来。

在一栋淡黄色新房内,一个身材略瘦的木工师傅,正拿着射钉枪"砰砰砰"地朝墙壁上的扣板射钉子,不知道是操作失误还是碰到坚硬的物体,一枚钉子飞快射出,又以更快的速度反弹。木匠师傅猝不及防,只感觉有样东西直奔眼睛而来,一声惊心动魄的惨叫——钉子射进了他的眼睛!

这位叫陈湘福的师傅双眼一黑,一阵钻心的疼痛令他跌坐在地上,手捂着疼痛的右眼,鲜血和着眼泪涌出。工友们闻声围过来,见状不由得倒抽一口凉气。模糊中看到手上的血,45岁的汉子带着哭腔惊恐地喊:

"这眼睛流血了……不能动了……一下子看不见了……怎么办?怎么办——"

有人说把钉子直接拔出来,有人拨他妻子的电话,叫她快去

守望光明

县医院。

陈湘福被工友紧急送往琼台县人民医院，接诊眼科医生立即开具了颜面部 CT 扫描。几十分钟后，这位 40 岁左右的男医生指着片子告诉夫妇俩：

"这个白色的影子就是钉子打入眼睛的部分。我们正常人的眼轴全长大约为 2.3 厘米，这根钉子进入大约有 2 厘米长，已经打穿了你的角膜、晶状体、玻璃体，紧抵视网膜——钢钉射进眼球这么深，我也是第一次碰到。"从医十五六年的他，也被吓得够呛。

"必须马上手术拔出钉子，下一步的手术很危险！对医生的技术要求很高——不敢说视力是否保得住。"

医生用纱布轻轻盖住他的右眼，陈湘福抑制不住地浑身战栗，他恨不能自个儿拔出钉子，医生却说不可贸然。

"那……医生，如果我们上省城医院，您能帮我们联系吗？"他近乎乞求般地问。

"像你这类情况，尽量不要超过 12 个小时处理。一旦超过 12 个小时，感染的风险会大大增加。"

一袭白袍的医生转头望了望窗外——电闪雷鸣，大雨瓢泼，他摇了摇头，脑海中跳出了一位传说中的"快刀"。

此时已经晚上七点半多，去省城路途远、周折多，没个熟人连过去看病都难，更遑说深更半夜动手术，何况天气恶劣、路况复杂。

霎时间有天塌的感觉，妻子仓皇地掏出手机，拨通一个电话，颤抖着声音喊："海州哪家医院眼科医生好？——我老公被钉子扎进眼睛了，越快越好！"

对方很快意会，开启免提的手机里，传出了斩钉截铁的声音："快去海州五官科医院找黄旭——"

"对，找他也许有希望！"医生马上接过话。

不一会儿，一台蓝色的捷达出租车冲进了夜色的雨幕中，沿着东南方向的道路疾驰而去……

风雨交加中，黄旭搭乘公交车回家。最近的站到他家的距离也有大半公里。雨下得更猛了，狂风挥舞着那无形的手，像恶魔一样企图把整个海州吞噬。他用力撑着晃动着的雨伞，却抵挡不住兜头倾斜的雨水……

忽然，裤兜里的手机连续而顽固地振动起来，他行至路灯的屋檐下拿出手机，一瞥是医院总机的号码。

"黄院，赶紧回医院，有一位钉子射进眼睛的病人正往我们医院送——"

顾不上进家门，他湿淋淋地走向自家的"毕加索"，一拧钥匙，启动了车子，踩油门猛地蹿出小区大门，拐入白云山路。

不知什么时候，雨悄悄地停了，夜空显得格外洁净无瑕，满天繁星像金刚钻似的洒在碧玉盘里，为这个宁静下来渐渐入睡的岱江城，增添了一份独特浪漫的美感。五官科医院七层手术室内灯火通明，氤氲着一股不确定性的紧张。

无影灯下的钢制轮床上，陈先生整个的脸和胸部都被蒙上了无菌巾，只从那橄榄形的小孔内，露出他痛苦的右眼，狰狞的钉子头赫然在目。此时此刻，他眼前很黑很黑，他切切实实什么都看不到了！他被漆黑的影子压得喘不过气，凉凉的消毒水刺激着他的眼睛和神经，他后背发冷，浑身汗毛都立起来了，内心的恐慌提到了嗓子眼：

"万一……万一这眼睛瞎了怎么办，往后我靠什么谋生？"

"请您放松，好好配合，不要紧张，不要转头动眼睛！"察觉到患者心中的恐惧，黄院长和气地宽慰他。

隔着口罩和布单传来的声音，尽管有些瓮声瓮气，但却像是给他注入了一剂强心针，种种疑虑、恐惧随之遁形。现在黄院长是他唯一的救命稻草，是他黑暗中的一缕宝贵的光明！

帽子口罩隔离服全副武装的黄旭，眼神凌厉而宁静，透出一个医者的敬畏和慈悲。他用镊子夹住钉子外露的尾端，顺其轨迹，小心翼翼地轻巧取出。

"幸而这个钉子折弯了，才没有扎穿眼球。"倪翔宇看着手中弯盘里的钉子，惊怪地说。

开启玻切超乳一体机，十倍放大镜下，黄旭细致地缝合角膜创口，考虑到晶体后囊膜被扎破了，不宜用超声乳化，他从角膜缘切口，巧妙地取出晶状体碎核，一边沉声吩咐：

"准备做玻切手术！"

他的语气是命令式的，护士忙从手术准备间抱来一个经过灭菌的大包。

时针已指向晚上10点40分。按说像陈先生这类眼外伤，值班医生都会针对角膜和晶状体进行处理，恢复眼球的正常结构。至于眼睛的底部伤口，一般会留待白天，抑或是请省级专家来做。因为这得需要做玻璃体切割手术——它是眼科复杂度、变化度和难度最高的手术之一。

"我们用的可是表麻，接下去打麻醉吗？"倪翔宇轻轻地问。

"不用打针，加两滴爱尔凯因就可以了。"黄旭说。

"噢?!"倪翔宇调节玻切机参数的动作僵了下,他本想着准备针管在患者眼下方扎针,毕竟做这种手术打麻药是常规。

"滴眼睛表面的麻药,大约维持四十分钟,我们用这段时间应该能完成玻切了。"

"嗯……真的长见识了。"

"把两次手术并成一次做,及时切除被钉子污染的玻璃体,修复裂孔——"

"是的,最大限度挽救患者视力!"倪翔宇忍不住又说:

"可这相当于涵盖了三个独立的手术——角膜、晶状体、眼底,同时做这么复杂的手术,还用表面麻醉,着实不易啊!"

"只是累了黄院长和我们……又要忙到凌晨了……"护士丁伟珍暗暗嘟囔,手中却不停地做着诸多准备。

"不要动啊,"她眼尖地看到大单下的患者身子微微一动,"坚持下,忍住……接下来的手术很需要您平静配合……"轻柔的声音带着程式化的温柔。

吸取眼科各领域顶级专家的技巧和要领,转化成自己的功力,黄旭在学问技术上打通了任督二脉,自此手术精度和眼界高人一筹,技术领先更进一步。

面对眼病疑难复杂手术,黄旭可以说是身经百战,但是,每当他一上手术台,面对一只新的病眼时,他的感觉都好像是新上阵的士兵,每台手术他都会付出200%的精心和细心。

瓷白色的巩膜上,黄旭给开了三个针尖大小的孔,他只能通过其中的两个狭孔,用头发丝粗细的器械进入眼内,实施极为精微的三维操作。

"关灯!"话音刚落,无影灯和显微镜灯光骤然关闭。为了消除反光的干扰,黑黝黝的手术间里,唯留一侧的地脚灯漫射着黄光。

随着仪器急速的鸣叫声,紧张的气氛迅速上升——

在直径 23 毫米的"黑房间"内,黄旭左手拿的光纤发出光亮,右手细微地移动玻切头,那胶质的混有积血的玻璃体,以每分钟高达 5000 次的速率,如烟雾样被吸入刀刃内;同时,悬吊在患者上方的平衡盐液,匀速滴入眼内替代玻璃体,避免眼球塌陷……

黄旭运用无数心灵的眼睛,360 度窥视,揭开眼球底部的秘密:

在眼睛最里面最隐蔽的地方,他窥探到被钢钉扎出的小洞,"这个洞要是不处理,他的视网膜很快就会脱落,导致失明——"

他屏气凝神,用激光光凝将不同位置的两个小洞都做了修补,气液交换……惰性气体填充……最后在睫状体沟植入了适合他的人工晶体。

倪翔宇给患者包好纱布,就势扶着他坐起。黄旭脱下手术袍,神色彻底地松了下来。正是这套呕心沥血的精尖技术,护佑着危急中的病患闯过险滩,迎来朝阳。

"手术很成功,你的眼睛保住了。"手术告捷让他涌起如露入心的欣喜,虽然贴身的绿色短袖已经湿透。

陈湘福不放心地追问:"那——像我这么严重的伤,这眼睛还能看得到东西吗?"眼睛与他的生存技能息息相关,视功能对他的意义非同寻常。

"能,能看得到!——不过,还要抗感染治疗,护士会告诉你要注意的事儿。"黄旭以稳重的语调回答。病人把希望寄托在他身上,他怎能辜负病人的期望?

"噢……这就好,这太好了!"这会儿,这个汉子慢慢睁开左眼,果然右眼没扯着痛!他总算放下了心中的石头,高兴得噌一下站了起来,丁伟珍忙扶住他,走下床脚的高凳子。

"黄院长亲自做的手术,还能有不好吗?"倪翔宇忍不住插了一句话。

陈湘福一听,立马笑呵呵地接话:"是啊,院长的技术不寻常,能找到他做手术,真是幸运啊。"他转过头说:

"护士,我一堂堂男子汉,不用你扶了。我左眼好使,你往前头带我得了。"

走在过道里,他分辨出那个高高瘦瘦的就是主刀医生,不由得伸出双手,紧紧地握住黄旭那汗湿的手。

"全靠你,医生,为了我,你把两个手术一块儿做……辛苦了!你真神……"一股至真至切的感动涌上心头,竟哽在喉间,一个"神"字,却胜过千言万语。

感受到患者的喜悦和感激是那么真诚,那么让人心暖,黄旭不由得欣慰一笑道:"回病房好好睡一觉,明天上午可以拿开纱布,您的视力就会有所恢复了!"

妻子分秒难熬地不停在手术室门口踱步,听到喊声,忙过来扶过丈夫。他第一句话就是:"手术成功"。眼睛得救,整个家庭的幸福和未来有了稳固的支撑。

这下悬在半空的心终于着地了。那些从恐慌无助、万般担心中走出的心灵,充溢着对解救他们危难的医者的感激、敬重之情,他们视医者为守护百姓安康的"神",是平凡世界病患依靠的一座福山。

第七章
四碗姜汤面

海州人民广场是岱江城内最大的一块核心绿地，占地23公顷，有漂亮的人工湖、水景广场、文化长廊、疏林草地等融入城市景观，成为岱江的一张文化名片。这里四时之景不同，旖旎生辉，秀美如画。

医院步入正轨后，黄旭形成了新的习惯和节奏，像钟表一样准确，每天凌晨4点醒来，遨游书海一小时。接着起床，煮一枚鸡蛋，活力、元气全都回到身上。6点钟出发，几乎每日快走五十分钟，途经人民广场，在此流连十来分钟。

又是一个清新多彩的早晨，千万道金剑丝绸般铺洒，给树木、花草镀上了一层金色，碧玉似的湖面泛起粼粼波光，天地万物都生动鲜活起来……

黄旭兴味盎然地举起手机，拍了几张风光小景，端详了一会儿。他拍摄的画面，很有文艺范儿，在圈内获得高赞。因为那些照片背后，是一颗别致的心与独特的眼光。

靠自己掌舵的工作，让黄旭多了份舒展和阔荡，多了份踏实收获的酣畅和成就感。他和这清爽的自然融合，生命的底色自然会润泽，心灵会更加清明，手术过程中也会心静灵静，处变不惊，做得台上的主宰。

他短暂地享受来自内心的安详，剔除生命的杂质，将善良博爱的花，开在日复一日的竭心尽力里，相信自己的选择，会如这春之晨般明媚清朗，惠风和畅。

忽然来电铃声响了，他看了一眼号码，他的手机号和口碑一样，在许多病人及家属之间相互流传。他按下免提，传来一个急切的女人声音："请问您是黄院长吗？打扰您了，今天是星期六，您早上上班吗？"

"嗯，上班。"黄旭答。

"昨天我姥姥情绪受到打击，昨晚她左眼痛了一宿，还头痛、吐过两次——喔，姥姥患白内障二十年了，早年用过眼药水，后来一直没治疗。请问去您那儿，还是去神经内科看？"

"据你所说的，有可能是青光眼发作，需要尽快降眼压。我7点就到医院了，你们赶快过来吧。"

"好，谢谢！姥姥一直害怕手术。四年前我爸找您做的，他只信您，您在我们就放心了。"

黄旭从她简明的陈述中，推测老奶奶可能是诱发了闭角型青光眼。因为人在情绪波动时，受交感神经支配的瞳孔会放大，瞳孔变大以后，房水的出路就受阻，导致眼内压力增高，引发青光眼。

青光眼会带来无法忍受的疼痛，还会引起不可康复的视力丧失。院庆活动过去了两周，每年此时手术比较多，他不由得加紧步伐。

自2015年4月开始，医院定期邀请国内眼科各领域顶级专家坐诊，留住了许多外流的疑难病人，免去他们四处奔波求医之苦，还减轻了他们的经济负担，提高了群众就医的幸福指数。

山不在高，有仙则名。五官科医院占地面积不大，共有3000多平方米，却因有最好的眼科大夫而闻名。

黄旭曾聘任一位有临床经验的眼科硕士，诚心指教他手术，让他担任医院副院长，参与核心管理。在他独立顺利完成一例百岁老人白内障手术后，辞别黄院长去广州发展……

何彦父亲翼状胬肉是找黄院长做的，前年她陪同妹妹看诊来过，她关注到，医院每年4月举办的周年庆暨眼科高峰论坛，各领域知名专家齐聚一堂，共享学术盛宴，场面热烈接地气，她衷心希望医院的发展迎来真正的春天。

何彦干练稳重，知性体贴，是父母的主心骨。父母生病啥的，都是她忙前忙后。她在一家事业单位工作，历经生活的洗礼，依然蕙质兰心，喜欢什么事都弄个水落石出，去医院多了，就钻研起医学来了。

今天，何彦又领着姥姥来了，她左眼眼压超出正常两倍多。按照医嘱，何彦给姥姥点上药水，办了住院手续。由于看诊没有耽搁，用药及时有效，疼痛减缓下来。

次日，裂隙灯前，黄院长用房角镜检查了姥姥的眼睛，而后给围着的家属上了生动一课：

"阿婆的前房角粘连小于180度，白内障已经过熟了，明日我们给她做白内障和房角粘连分离术，解除她的房角狭窄，遏制青光眼进展……"

耄耋之年的姥姥，银发被整整齐齐地绾在脑后，脸上的皱纹写满慈祥。她抬头看着黄院长，白茫茫的老眼挂着惊奇。多年来,她的眼睛像笼上了一层灰雾,远远近近什么也看不清楚,总担心因看不清而被绊倒,生活起居受到很大影响。

"有黄医生在,我们不慌。"姥姥的声音充满了期待——此刻,黄院长是她昏暗尽头里唯一的光源。

何彦的舅舅在旁边说:"您亲自动手术,我们才放心,不然心里七上八下……"

夜色包围下的城市,五官科医院七层建筑的顶部,矗立着红色闪亮的"海州眼病会诊中心"八个大字,默默向世人昭示着这里蕴藏的眼科实力和技术含量。

紧绷的神经放松下来,身上汗涔涔的。黄旭上午门诊,午饭后一直手术到晚上,其中两例比较棘手。

他慢吞吞地洗着手,脖子僵硬得不能转了,台上感觉不到的疼痛和麻木袭来,右手一点劲儿也没有……

好一阵子了,他常常感觉右手拇指、食指发麻微胀,起初以为是长时间稳定操作的缘故,渐渐连带前臂都酸软无力,他才意识到可能是病理性的,需抽时间检查一下。

"黄院长,快过来吃姜汤面——"巡回护士董俏勤在门口喊。

"哦!"他惊讶地应了一声。来到会客室,见桌上摆着四份姜汤面,一碗面搭一碗汤,四溢鲜美清新的浓浓醇香。

"刚想着出去吃一碗面,你们谁这么贴心,正好送来了,我请你们吃吧。"黄旭笑道。

三人竟嘻嘻哈哈笑起来。董俏勤睨着他笑道:"院长还蒙在鼓里呢。我们是借您的光啊!"她有一对水汪汪的笑眼,也是黄院长给做的飞秒,让她摆脱眼镜的束缚,开启全新的清晰生活。

她故意顿了顿，然后调皮地说道："讲真，19床外孙女是心疼黄院长那么辛苦，才特意去叫了特色姜汤面，慰劳慰劳您啊！"

她说起她们在手术室门口的对话，当何彦听到黄院长常常完成几十台手术，顾不上吃晚饭时，那一下子被震撼的表情让她难以忘怀。

黄院长不以为然地笑了笑。"原来是她，她爸是我做的手术，她姥姥手术又来找我，这第二台——"

谢国栋正吃着面条，闻言接过话说："挺有难度的，容易发生并发症。像去年那位大伯，在外院手术中，后囊破裂，晶状体核整个掉落玻璃腔——"

"就是，为了连夜给他做补救手术，院长浪费了动车票，放弃了学术会议，不过术后视力恢复至0.5。"董俏勤快人快语。

谢国栋投来敬佩的目光："黄院长这一手技术呀，大医院的专家也大抵如此，只可惜很少人能懂……"他自思难以望其项背，不禁黯然。

虽然他在中山进修时做过两例超乳，也曾暗暗下苦功夫练习，可自从来这儿，尽管受熏陶指教日深，临到台上，手指会止不住地非蓄意抖动，因为数毫米的操作间隙，绝不给你一个"试错"的机会。毕竟，在这里万一出了啥事，那将会把整个医院带到危机中啊！

"还记得大前年吧，那位美女财务工作者，40多岁还美得不可方物，偏偏造化弄人，在她眼睛上制造瑕疵。她19岁在重庆做过斜视矫正，30多岁又在广州、上海大医院做了，后来她特意从广州回海州老家，慕名来找黄院长做手术。"热姜汤辛辣的力量向大脑扩散开去，唤起了丁伟珍三年前的记忆。

"噢——第三次给她做矫正的是我医大的一个同学。那年她来门诊，说三次手术下来，看东西还是复视重影，右眼有点内斜，我分析了眼外肌调整情况，她就确定要我做第四次手术，不管结果如何。"

黄旭回想起当年就诊的一些细节，大约是她见识的专家多了，听了自己客观的分析后，表情一下亮了起来。

"那是由于她就医经验丰富，慧眼识英才。第四次斜视手术您拿捏精准，打开了她的心结，让她满意离开。"

董俏勤一脸蒙圈地听着，她来医院才两年，对这个事情一无所知。手术室平日气氛紧张，哪有闲情聊往事？她敬仰黄院长"十项全能"，还在斜弱视方面这么"神"，却是首次知晓。她望向他修长的手指，竹筒倒豆子般说开了：

"黄院长这双手，就是为手术而生的。您骨子里是一个要求特别高的人！跟着您，我们再苦再累也值得。虽然我们比其他医院做得更好，付出得更多，得到的却比他们少——"她发觉谢国栋给自己使眼色，便止住口。

黄旭满脸无语，这是多么令人无奈而闹心啊！来此工作三四年的手术室护士，对各类型眼科手术都可以熟练配合，然而却在某一天走了。于是又重新招聘、培训、带教、强化，使她们拥有专业核心能力，看着她们学好本领、逐渐成长，然后……

丁伟珍抬头看看院长，思索着说开："那些有财政养的，我们当然没法比。但是，我们的工资发放是有保证的，奖金核算是公平的。更确切地说，我们的钱拿得坦荡、干净。说到底，我们的院长最辛苦，他一个人抵三四个手术专家，为医院节省了两个高级人才的支出啊！"

"向院长致敬！"董俏勤笑着，丁姐的话让她想起医保局核查的结果："去年，38家医保定点单位被处理。其中20家民营医院有9家违规，我们同行中，竟然用串唤手术名称骗保，被暂停医保三个月。正是因为有不正当的竞争，才搞坏民营医院的整体名声。"

听过挺多这类言论，说不收红包的医生可能有，不乱开处方的医生肯定没有，因为如果这样他就干不了这行；民营医院"循循善诱"地宰病人，如果不黑心就活不下去，等等。黄旭眼睛里透着一种坚定：

"办医疗，要多点事业心，少些逐利性，要守得住这份清苦——无论外部环境如何，我们都要讲长久发展，任何时候都不能丢掉诚信！"

丁伟珍点点头说："是啊，对那些无力改变的，我们只有坚守本分，不丢良心——记得有关部门来医院调研，对我们上千万的高精设备，正规做法，很是惊讶。"

两年前，有关部门的一位领导来到医院视察后，做出肯定："可以，这家医院棒棒的，这边的设备，比那边公立医院的还要好！你们的做法，完全改变了我们对民营医院的看法。"

"做得好总会被认可的。"谢国栋稀里呼噜地喝着香浓的面汤，笑说："病人送给黄院长的锦旗多得数不清，可这么别具一格送特色姜汤面来吃，却是第一回，特别暖心啊！"

是啊，喝了这鲜美的姜汤，一路热到心里去，足以治愈他们所有的疲惫，足以慰藉他们苦守多年的心灵，让他们的生命之泉永不枯竭。

第八章

病房里的感动

"医生,我眼睛痛、头痛得受不了!……都痛瞎了,还日日夜夜痛……什么药都压不住,我怕眼睛活活痛烂掉……"

74岁的陆春玉带着惶恐诉说,几句不连贯的话又让他的脑袋一阵剧痛、眩晕,他嘴里轻声呻吟着,继而牵起一阵恶心。

一旁的女儿见状忙扶起老爸,走到靠墙的水槽边,一边用手抚他的后背为他顺气,因为受尽病痛折磨的父亲几乎没进食,他只呕出一些清水。

精密仪器下,黄旭发现,老人的右眼对光线丝毫没有感受力,红色的虹膜上,布满新生长的枝枝叉叉的血管。这些血管就像燃烧一切的"大火",拉扯着瞳孔变形扩大,进而生生把整个眼球毁损。

老人的前房角粘闭了!这使房水流出的通路阻塞,导致眼压越来越高。果然,老陆的眼压高达69!而正常眼压的范围为10~21mmHg。

过高的眼压往往伴有严重的恶心、呕吐,让人痛不欲生,不敢见光,度日如年……

"这眼病叫新生血管性青光眼,是糖尿病使视网膜发生了病变。它是一种最难治的青光眼，一般的药物很难控制……"黄院长一边记录着病历，一边解释。

"对啊，我们看了一年的病，做检查，打吊针，滴眼药……用过许多药，就是不管用……"老人的儿子50岁左右，眼神透着一丝忧急。

"理论上有三种治疗方案——第一种是往眼睛里打药，把新生血管退缩掉，过一周行抗青光眼手术，保他眼球。另有两种传统治疗方法，一种是冷冻……"

"黄院长，您讲的我大多能听懂。那些名头很响的，两三分钟看一个病人，哪有心思对我们说这么多。我们信得过您，您就给我爸用第一种方案吧。"

斯文有礼的儿子没商量直接认可黄院长，是因为看过的专家说，冷冻手术作用微小，实在没法只有摘除眼球。

一听到剜掉眼睛，深深的恐惧就攫住了老人的心，剧痛进展成难受的绝望。夜间更难挨，有时凌晨从梦中疼醒，哼哼唧唧，或发出呕吐声，刺耳的声音都能穿透玻璃……

这样持续了一个月，直到他来岱江参加会议，与他相邻而坐的同侪，看他颓唐的模样，关心询问，听说是眼睛难治的疾病，便指点他去五官科医院找黄旭。

"去年我医治了一例相似的，正是用这种方法，保住了阿婆的眼睛外观——只是由于视神经萎缩，视力丧失，那就回天无力了。"黄院长如实地解释，他对制服那个由中央静脉缺血阻塞引发的病例，怀有成就感。

"医生，那您赶快给我用药呀！"老陆迫不及待地催。

"要是早些来，有一点视力……"黄院长开好住院单，对旁边的护士说:"先做好术前准备,等药送来,进手术室,适当放些房水,再给玻璃腔注药。"

黄昏时分,病房里很安静,没有一丝药水的怪味儿和异样的气息。走到敞开的门边,何彦一眼看见姥姥坐在洁白的病床上,她左眼的纱布拿掉了,正和隔壁床老太太聊天。

"彦,我又看得见你了!"姥姥拉着何彦的手,心情大好。

看着满头银发、绽放笑容的姥姥,何彦盈满欢喜。在这儿用不着操心,姥姥从此就走出模糊世界,晚年生活方便愉快多多。

"这眼睛不疼了,也变亮了。医生说还要注意……"

何彦赶忙说:"就是的!一定要听院长的话,常来做个复查。"

说起院长,隔壁床老太太意会了,她右眼贴着块小纱布,脸上挂着笑容,听口音不是海州人。她接茬儿说院长手术做得利落,这是第二次在这里手术了。

何彦感觉她眼睛有些怪,细细看去,她眼珠儿不停地颤,像是控制不住的那种:"阿婆,您手术是否特难做?"

"那当然了。给我做手术好比打移动靶,而不是打固定靶。"可爱的老太太不加掩饰地幽默说道,她是退休的教师。

"哦?这个比方说得太形象了——"何彦感兴趣地聊开。

"我之前想做白内障手术,但是医生觉得我特殊,都不给做,没想到来这边走亲戚,误打误撞遇上黄院长,说可以做,当时我半信半疑,他打比方解释……"老人说起自己的求医经过。

"没有金刚钻,不揽瓷器活儿。了解到院长很有口碑,第二天就住院。没想到打开纱布,我就喊了出来,感觉清楚得不真实。看着院长,我不由感叹:您真是'人中吕布,马中赤兔'

啊！先前挤破头去大医院，竟不如您这儿！"

何彦咂摸了一遍，这老太太说话挺有意思。这时走廊上有招呼院长的声音，她出去，见黄院长很自然地帮助老病友，撕开口服药包装。

暖黄色的灯光下，他脸色看上去有些许的疲惫，眼袋和法令纹更重了，可能是因为长期盯视显微镜，眼皮有些浮肿松弛。

何彦打过招呼说："黄院长您累了一天了，这么晚还来查房，您对病人可真上心！"他摆摆手，意思是这算不了什么。

这时一位身材娇小、约莫30岁的女医生走了过来，他们一前一后走到12号病床。好奇心驱使何彦跟着进去。

"眼睛痛好些了吗？"黄院长笑呵呵地问。

一看到黄院长，原本躺在床上的病人一个翻身坐了起来，刻满皱纹的脸上，浮现出一丝难得的笑容。他按了下右边眼睛，终于从疼痛中解脱出来了："好多了，不像先前那个痛啊……"

"别着急，慢慢养，过几天就好了。"这句话让老人心头一热，他拉着黄院长的手说谢谢。

靠窗户病床的阿公，他眼见病友治疗前后的变化，笑道："院长就是不一样，你说能耐不能耐？"

门口进来一位中年妇女，50多岁的样子，略胖，她闻言笑道："老爸之前骂骂咧咧的，老说不管用，这会儿总算安稳下来了。"

黄旭转过头对值班医生说："眼科手术的类型非常多，光青光眼这病，手术方法有多种……"

一走进34号床病房，陪在病人身边的妻子马上起身迎了上来。

黄院长和蔼地说:"明天早上8点,第一台手术。"

那大叔把头转向院长说话的方向,使劲地看啊,看啊,用尽力气只看到面前模模糊糊的影。

黄旭拍拍他的肩膀,安慰地说:"您不要紧张,晚上好好睡一觉。"

大叔伸出一双粗糙的大手,朝面前摸索,黄旭忙把手递了过去,他使劲握住。这是一双修长的被消毒水泡得发皱的手,是他明日唯一的倚赖,他多么希望这双手能带他穿过黑暗找到光明啊!

看出他的心思,感知着他的希望,黄旭牵出一缕恻隐之心:"手术我会尽全力做好。"

"谢谢,谢谢你来看我……"因为受到院长的重视和安慰,大叔原本不安害怕的情绪,也就慢慢安心下来。

似乎可以听见病患心底的渴盼和热望,何彦感觉到了明日手术所包含的重大意义。瞧黄院长一副胸有成竹的笃定感,这无形中也拔高了病患对他的期望值。

回到办公室,张医生把丁大叔的病史告诉何彦。原来,两年前大叔发生右眼视网膜脱离,在大医院先后做过两次手术,都没能挽救视力,只能将光明的希望寄托在左眼,谁知左眼又出现问题。

一周前,他仅存的左眼视力下降厉害,到了只能辨别光亮、失明的边缘。恍如泰山压顶,夫妻俩求诊多家医院,都告诉他手术难度很大,术后可能不好。

失明的危险如恶魔般缠住了丁大叔。此时,巨大的恐惧笼罩在一家人的心头。他才48岁,左眼是他后半生的全部依靠,是一家人生活的支柱，万万不能丢失这宝贵的最后一线光明啊！

无望中听朋友推荐，坐了一个半小时的汽车，夫妻俩慕名来到这里。

何彦心想，早听闻眼底手术难度很大，成功率不高，像丁某这样的患者，万一不可控或失误，将永远陷入黑暗。这份重如千钧的压力，常人是不敢轻易背负的，接受这个挑战需要多大的底气！

记得二十余年前，何彦有个远亲的儿子做眼睛手术，在当地很好的眼科，结局却是失败，视力保不住，让一个少年承受本不该承受的暗淡之殇。他母亲哭得肝肠寸断，肠子都悔青了，可怎么能哭回这宝贵的眼睛？对于尚未开启绚丽人生的少年，这是怎样弥补不回的永世残缺啊！

何彦试探着问："黄院长，我可以问您一个问题吗？"

黄旭在病历上确认着患者的检查，点了点头："请讲。"

何彦不由地说："像丁大叔，他第一只眼手术失败，这次……"

黄旭神情变得严肃："我们没有挑选病人的余地！辗转到我院的棘手病人不少——"他停顿了下，领会了她想要表达的意思，舒缓些语气又说：

"既然人家找到我，就要对得起这份信任——患者有恢复视力的机会，做医生的怎能不担起责任？起先我请中山眼底病专家来，我们协同做的手术质量很好。后来，有些病人需要抢时间挽救，等不及周末专家过来，只能靠自己上。"

她了然地点点头："噢，您的医术令我无限惊讶，尤其令我感动的是，您对每个病患的真心满分！"冰雪聪明的她又替他总结：

"因为您见识经历得多，手术台上的掌控力也越强，这就是您自信的底气来源。"

黄旭显出独特的淡然："做好手术，不仅要靠技巧，还要靠一颗心——术前我会仔细琢磨、设计好。"

真是"斯人若彩虹，遇见方知有"。何彦心头有一番特别的感触："仰赖您崇高的技术和帮助，我姥姥、我爸，还有许许多多病患提升了生活质量，您是我们的贵人，是病患们最亮的一颗星！"

今晚，何彦耳闻目睹的几个病例，虽然仅仅是管中窥豹，略见一斑，却再度刷新了她对这家医院的认知，带给她几多思考和启示：

这些摒弃奢华、整洁宁静、朴素和谐的病房里，包含着人世间无数的疾苦、良善、期冀和托付，黄旭院长活成了他们心目中的皓月，竭力绽放驱走黑暗的光辉，用解除病痛悬壶济世的仁术，将不曾想象的痛苦转化为安详，让孱弱无助的病患不至于绝望，让更多的人享受到精准手术带来的新生活……

第九章
爱洒人间

"……手术摘除了混浊的晶状体，就像照相机没有了镜头，无法看清物体，因此需要放一个人工晶体进行光学矫正。人工晶体有多种选择，有单焦点球面、非球面晶体，双焦点晶体，景深延长 EDOF 晶体、三焦点晶体等。

每一种人工晶体都有自己的特点，晶体不同会带给患者不同的视觉效果。其中，三焦点人工晶体是目前功能最强的，2015 年被引入中国，它模拟人眼的变焦能力，把看远、看中、看近的三个焦点，都设计在一个人工晶体里，术后不但解决白内障，还一并解决老花、近视、远视问题，不需要戴眼镜……"

周六上午 8 点 30 分，朝阳社区活动室内，黄旭院长在台上深入浅出、详尽讲授，台下济济一堂坐着 60 多位中老年朋友，这是青轩街道携手海州五官科医院举办的眼健康知识讲座。

身材高瘦，穿着白得耀眼的工作服的黄旭，自内而外散发出一种自信而不自负的卓然。那是一种经历过一次次挑战与困苦的打磨，满腹经验气自华的教授模样，带给老人们靠谱、安心的感受。

黄旭讲解了常见眼病包括角膜炎、青光眼、飞蚊症等疾病的预防、诊疗办法，随后介绍白内障的防治、手术治疗的相关知识，让居民正确对待老年性眼病。

"五官科医院不断追求技术的进步、更新，我们在2017年年初开始做三焦点人工晶体，目前已做过多例，患者均表示术后视力满意。"

讲座成功吸引了听众的注意力，他们饶有兴趣地边听边学边请教。此时，一位精瘦的老者举起手来，声音响亮地讲出疑问：

"黄院长，不好意思打断一下，请教您一个问题。现在关于三焦点晶体的宣传很玄乎，说术后不仅能开车，还能开飞机——可是，我却听熟人说，有人在省里大医院做的三焦点，视力恢复怎么不太满意？"

"您提的问题很好。关于白内障术后视力恢复的程度，主要取决于患者本身眼部情况，比如视网膜视神经状况，玻璃体透明程度等，对于青光眼、眼底病我们是不建议用三焦点的。"

黄旭的眼睛掠过一张张面孔，大家的神情都那么认真，他深入解说："其次，由于每个人眼球的条件、参数都是独一无二的，所以手术前要做严格的检查，掌握眼睛的各种数据，计算人工晶体的度数，把合适的晶体和不同的个体匹配到一起，这些都很关键。"

黄旭把深奥的技术讲得非常透彻。这十年，这样热心投入的讲座，他到海州各地做了500场以上。

接着，黄旭为大家呈现白内障手术的过程：完美的环形撕囊——瞬间完成水分离——娴熟的超乳碎核……手术显微镜录像系统，清晰地摄录下黄旭操作的每一个环节，彩色的画面没有血污，反而有一种神奇的美感。

"啧！啧！"现场听众无不惊叹，竖起了大拇指。他们能面对面地闻睹高手的"揭秘"，仿佛找到了知音人，无形中增强了对眼健康的认知，减少了对手术的恐惧感。

惊讶之余，一位白发如霜的老人微笑着问道："黄院长，我忍不住好奇问一问，听说当年在岱江人民医院眼科有三位专家名声在外，您是其中之一，不知其他两位手术技术哪个更高？"

十多年前的事儿还翻出来，真是年龄越大，见识越广。黄旭并不凸显自己的能力，他泰然自若地答道：

"当年我们三个人的关系都挺好，其中，范长骏院长曾受邀到我们医院做过讲座。我们之间的手术技巧差距不会太大。说起学科的进步，我不得不提起20世纪90年代前期，那时我们初做显微镜下白内障手术，一个小时能拿下来，就已经很厉害了，现在只需要七分钟。这中间凝集了同道们多少的努力，就不用我多说了——"

话音刚落，台下就响起热烈的掌声，久久没有停歇。不知何时，身穿白袍的谢国栋医生，已静静地站在会议室的一角，脸上泛着微笑，他身边桌上摆着两架裂隙灯显微镜。

一个著名专家穷尽大半生学问来做讲座、义诊，全是免费无偿的付出！

连同闻讯而来的居民，现场排成两列队伍。黄旭和谢国栋为每位居民检查了眼睛，根据检查结果，为他们量身定做出预防和治疗方案。

从事人力资源工作的何彦，几天来在医院各楼层转看，她希望能对他们进行深入探访，为传播正能量采写报道。

她联想起另一位从公立医院副主任的位置上辞职，投身进社会办医浪潮的梁院长。同事曾慕名找他做牙齿种植。她常说起梁院长看病细致、技艺精湛，是不负病人所望的好医生。

"尽一切所能服务病人，服务社会，做群众身边的放心医院。立足长远，注重品牌，以医疗质量和诚信，取信于民。医院开展'慈善开启光明'活动，帮助上万名患者减轻负担，重见光明……"

在品牌部办公室，何彦见到医院公众号的编辑。牟锡华看上去约莫30岁，浓眉下一对乌亮的眼睛，透露出聪慧和精干，他热情地向何彦介绍医院服务宗旨和公益事业。

群众对民营医院真实的信息摸不准，多半不能正确选择医院，即使就医了也分不清是不是最好的选择，他们更愿意去不用选择的公立医院就医。对此，五官科医院是如何应对的呢？何彦抛出问题：

"像我们知悉内情的，成了你们医院的忠实粉丝。然而，社会上更多人会难以辨识，请问你们是怎样做到取信于民的？"

"我们都有一颗帮助病人的心，要让老百姓真正愿意来看病，主要是让事实说话，让病人自主比较，让就医过程透明化，患者对医院的收费，看得明白……"牟锡华思索着说：

"希望通过治愈患者的口口相传，越来越多的老百姓能够信任我们，能够看到我们医院的闪光点。"

这是一个普世的答复。何彦点头："这些满墙的红色锦旗，就意味着医院获得了人们的褒奖。"

"一位眼睛蒙着纱布的患者，慢慢地睁开眼睛，看到了一个美丽而又崭新的世界。这些电影里出现的情景，我们医院每天都

在发生。"牟锡华动情地说起,然后点开一幅幅照片、感谢信,为何彦展示如潮的好评:

"我将自己人生中重要的一环——白内障手术,交由堪称'眼科王牌'的黄旭院长完成,短短几分钟,让我经历了医学的神奇,我这架老式相机的镜头变得清晰,满满激动想要在大自然里飞奔……"

"我喜欢看报纸,看不清字真是着急。黄旭院长给了我惊喜,让我不用眼镜就能看清楚远近的字,走起路来不怕摔跤了,感觉一下年轻了!"

"有这样的好医生,他对素不相识的普通病人能这样真诚而有温度,是我们老百姓的福分!"

"……医术精湛胜华佗,重见光明倚天使,妙手回春渡劫波,万千感谢存心里……"

"这里独具风景,没有那些大型医院的嘈杂熙攘,但手术做得理想,医生、护士还像家人,在这里我找到了自己想要的'答案'。"

……

这是温暖中的温暖,暖流中的暖流,也是最理想的医患关系,他们担得起这样的赞誉。

最动人、最有意义的是一组抗战老兵的照片,有胸前佩戴抗日战争胜利70周年纪念章、敬标准军礼的老兵,有夫妻同日接受手术的老兵,他们像遇到偶像一样与医护人员合影留念。

牟锡华向何彦说起这些照片及其背后的故事:

"我心里面难过啊,眼睛一天不如一天,什么也做不了,连走个路、下个楼梯都要摔跤,身上、腿上都是伤,每天只能呆坐家中,吃饭也不香……"

80年前,那些年轻的、紧握钢枪的脸,历经炮火侵袭、生死考验，正是他们的浴血奋战，才换来今天的和平盛世。

80年后，曾经的英雄变成白发苍苍的老人，他们被眼病困住，遁入黑暗，黯然神伤，重获光明是他们最大的梦想。

崇敬英雄，不乏英雄情结的五官科医院人，及时推出"关爱老兵光明行"，为这些在他们身边的老兵，提供免费复明手术和检查。

周爷爷31岁参加抗日战争，如今已经104岁高龄，忍受了14年的昏暗不明。在近几年里，他眼前的光亮一点点消失了，只能生活在没有黎明的黑暗之中，依靠拐杖摸索着行动。因年纪太大被医院拒绝手术，推荐他去其他医院，但一大家子人都不放心。

家人得悉五官科医院有公益活动，由黄旭院长亲自主刀，已顺利完成多个百岁老人手术，遂经关爱老兵志愿者带领，前来求医。

百岁老人、最严重的"5级核"白内障，经过细致准备、周密设计，黄旭把对英雄的敬意，通过高难手术传递给他们。

若大旱见云霓，似长夜现曙光。手术后的老兵迎来了期盼已久的阳光，并把光明带回家，带回社会。

医护人员像一颗颗星火，点亮一个个老兵的生命之光，让迟暮的英雄再次看清，回到曾用生命守护的世界！

何彦不能不注意到，那一双双手术后清亮的眼珠儿，显露出真实的情感。百岁老兵保持军人特有的一种风度，沧桑的脸上溢满幸福的笑，比晚霞静美，比朝霞灿烂，因为那背后是一颗颗饱受黑暗煎熬的心……

"这些都是电子版的，我带您去现场见证吧。"牟锡华将何彦从思绪中拉回。

他们来到了34床的床边，丁大叔戴着一副黑眼罩，舒适地半卧在床上闭目养神。

"今天是大叔手术后第二天吧，怎么可以坐着了？"何彦惊讶地问。

"这得感谢医生的技术了。"大叔发自内心地高兴，说起可怕的症候，"当时左眼一下什么都看不清了，我感觉到眼底像在冒烟……听说了黄医生的名气找过来，没想到真的成功了。"

昨天早上，黄院长带着一干医生护士来查房，当蒙着眼睛的纱布被拿下来时，丁大叔就对着老婆惊呼："我看见你的身影了！"所有人都非常高兴，因为这一点进步，就是光明和黑暗的分界线，日后视力还会更好。

"像丁大叔这个部位的网脱，不用俯卧——"牟锡华解释，"这不能不说是个小小的奇迹。"

听他的口气，他们对院长是打心眼里敬服的。可是，人说有瑕疵的才是真实的。

回到办公室，何彦忽然冒出一句："在日常工作中，你们每个员工都自觉地支持院长吗？"

"那敢情。黄院长是一个拼了命做事的人，他如同医院的定海神针，只要他在，这个团队就是高效、有序的共同体……"他又讲起一些真实的事——

在医院加盟华厦集团之前，有人疑心医院财务有问题，委托审计事务所前来审计。

一个飘着微雨的秋日下午，医院来了两个审计人员，把五年多来所有的医疗、药品、耗材等收支账目取走，掂着一捆捆厚厚的发票、表单，审计员盯着黄院长，眼睛在镜片后闪着诡秘的光："你现在说还来得及，十万元以内可以没事的。"

黄院长听了之后，只应了句："查吧，你们尽管查，好好比较比较……"

他懂的，早在三年前，合伙人就将自己购置的各种进口仪器、设备等价目拿到上头核查，当中好些甚至比核定价格还低。果然不出所料，工作人员彻底审计了七个工作日，查不出任何问题。

这事儿就在医院上下传开了，员工们对黄院长的操守正气、不染尘埃的高冷范儿无不称道……

第十章
拼搏是唯一选择

说海州五官科医院是众多民营医院中的一个"异数",当不为过。物欲横流的社会,这里与充斥着杂质的世界不一样。

莆系医院乱收费被曝光后,信任危机波及了真正救死扶伤的民营医院。社会上很多人给民营医院贴上标签做出判断,认为"非公"的都是以营利为目的。

你诚信服务,总会有人抱着成见。没有号角,没有给养,没有勋章,没有鲜花着锦,可即便如此,黄旭他们仍然以无比坚忍的精神,以最漂亮的手术,为"新时代的医魂"做了完美的注脚。

诚然,由于没有财政供给,相应的成本和支出比公立的高得多。可圈可点的是,尽管医院在技术和设备上占优势,但他们宁可自己持续透支,也不把很高的运营成本叠加在患者头上。

他,究竟是怎样一位铁骨丹心、善良忘我、追求极致的医者呢?从对医院的管理、收费、服务口碑等方面了解到的事实,何彦心里憋着的疑问和话语很多。

院长办公室不大,陈设简朴,只有一张办公桌、一个书橱、两个单人沙发以及一张小茶几,墙壁上没有任何装饰,比如条幅、风景画之类的东西。周六下午3点,何彦如约采访了黄院长。

"我们把办医院当成一个长青事业来做。医院所创收的年营业额,由头三年的亏空,逐渐能维持基本运转,近年有盈利的部分,就投入了高端设备,目的是使手术精度更高,质量更好,不断追求技术上的卓越。"黄院长介绍了医院的运作情况。

"现代社会需要的,正是像您和医院这样的民营清流!您参与到医疗改革中,真正为公众做更好的医疗服务……您觉得现在与以前在公立医院工作,感触上最大的不同是什么?"何彦在采访之前下过一番调研功夫。

"最大的不同就是现在我们更重视患者的口碑,一切以患者的利益为重……现在不再为了晋升、行政事务等分散精力,更多地想着怎么把服务做得更好……总体来说,一切都回归到医疗本身。"

现在都在谈回归医疗本质。作为一名院长,他在这些方面做过一些思考。看来,他都是从医疗的角度去思考,而不是从商业的角度去考虑。

"要是所有的医生都像您回到纯粹,中国的医疗改革、医患关系可能就解决了。"

"大众眼里的'好医生'是在公立医院内,我们这些走出体制的医生,一直在努力改变这个刻板印象。"

"先走一步"的他,一点点改变别人的质疑,一点点扭转他人的偏见,那些行动显得是多么悲壮。

何彦按提纲厘清思路后,忽然语调一转,问出了那个存在心里很久的问题：

"黄院长，我很想问您，当年您为何要从公立辞职，另立门户？现在的您不知负重多少倍，您一人集白内障、眼底病、青光眼等专家于一身，每日工作十二小时是寻常事，还没有双休日、节假日，长年累月下来，连机器也得罢工呢。"

据透露，某些公立的主任医师有在民营开展手术的，他们没有辞职。当年独有他离开体制，难道他没计算过退出成本吗？因为体制，毕竟是主导中国医疗向前的力量。

换在今天，这也是一个堪称冒险的抉择。他在体系外办医，无疑需要非凡的医术和执着、破釜沉舟的魄力与果决……

他平静地答道："好多人问过我这个问题，我说，我是为了很久以前有过的梦想，为了梦想全力以赴，付出再多也是值得的。"

何彦缓慢地点了点头，心想：至于外界传言，自己不便深问。在一家大型事业单位内，嫉贤妒能，这种事儿并不鲜见。

她附和着他说："就是，您敢于设定自己的梦想，听从自己的内心，凭靠实力守住一片净土。您把梦想变成了做到的事情，成就了医院的品牌，收获了事业的果实，这就是成功的、精彩的人生啊！"

黄旭会心一笑，笑容里见清风明月。自己没能说出的，都被她大气地归纳出了。

"我们只是做着自己该做的事。事实上，我更看重的是过程，从中体会愉快和安慰……"

"这就是哪怕再疲劳，心里都会得到欣慰，您自身就是照亮自己的太阳。您把人生浸泡在医院里，为做出好业绩好数字，为团队多谋福利,您这院长担当得特别吃重,特别务实,您用高明的技术、才智,无止境地在手术台上耗战……试问有几人能做到?"

他的青春和生命之焰,似乎正悄悄地在耗战中溜走。何彦心底升起一缕难以名状的凄然和苍凉,她仿佛看到那股蓬勃向上、本真坚韧、令人折服的力量,正被某种无形的黑洞所吞噬,她多么希望扶持政策的阳光来消弭这黑洞啊!

黄旭听了之后,表情沉重很多,这一路走来的辛酸只有他自己能懂。生活就像开弓不回头的箭,对于他而言,只有眼前路,没有身后身,他回答:

"谢谢。我别无选择,拼搏是我唯一的选择。"

何彦设身处地想一想:当前,医院聘不起高薪技术人才,几位助手培养成主刀的路还长,而眼科患者绝大多数靠手术治疗,眼药的利润很低——他们的职业生存状态是"手停即口停",如果他们的手停下来,那医院的运营更困难了。

这样的境况下,若非他,还有谁挑?整个医院的兴盛容不得他停下脚步休息啊!

"初心易得,始终难守",面对复杂的医疗环境,他依然不忘初心,不改初衷,不失坚守,背对浮华,面向艰险,凭着怎样的信念和毅力,行走在自己的医德境界内。

然则下一个十年,医院的后续发展又将如何?待到他的体力、精力跟不上时,还能这样像永动机一样搏下去?

何彦道:"您在平凡的工作中追求不平凡,您的专业技术和劳动价值,理应得到更多的社会认可、更为丰厚的回报,然而实际呢?"

守望光明

有太多言语徘徊在他心底,欲说还休。十年来,他把医院当作自己的"孩子",他的灵魂和心血无不融入,无论怎样全力以赴都不为过。他想起了"没有粮草的兵马,能打胜仗吗?"这句话,想起了伴随的坎坷跌宕,想起了好友的无私支持……

"我所做的事情很平常,我从不奢求在别人眼中有多么崇高,我只求到这里来的每一个病人,都能得到很好的治疗。"片刻后,黄旭庄重地说道:

"我们的理念是:我们能够做的手术都要做到最好!在五官科医院,至今我做了数万例手术,我可以对着自己的良心说,每一例手术,我都尽最大努力,可以用完美来形容,力求给患者更好的结果……"

他提起有的病友,在省城做了一只眼的白内障手术后,闻五官科医院做的三焦点晶体效果很好,便找上门请他主刀另一只眼,结果比那一眼还清晰,光手术费节省了两千多元,其他花费还不算——要不是亲身经历,可能连他自己都不会相信。

有一老汉左眼早年因伤失明,右眼近几年得了白内障,日常出门都成了问题,多次请求手术被拒。医院服务队了解情况后,将老人接到这里检查,确认他右眼患硬核白内障,他给老人做了手术,术后老人眼前光明一片,激动万分……

他的声音带出那么多的真挚和自豪感,他把它们视作回报本身。让老百姓足不出海州,就能享受到跟大城市一样的进步技术,是他在医疗事业上不断奋斗的目标。

看过一句话,大多数医生不能保证,他所做的每例手术都是完美的。何彦一面听,一面点头,她深信,黄院长所做的比所说的更煞费苦心,因为医术德行早已融入他的生命。

"对每一位患者来说，接受手术是他们一生中的大事。您不负所托，点燃无数家庭光明的希望，您就是患者心中最慈祥的一束光！"

"能够通过我的手，将光明传递给更多的人，是眼科医生该有的责任和担当。"

他从患者的手术疗效中收获满足，言语之间，目光灼灼，眼神中透露的坚定和纯净，任它世态炎凉，人情冷暖，都无法消磨泯灭。

何彦从中读出了一位医者诚恳的赤子之心，他胸怀中一定藏着从坎坷拼斗中提炼的珍宝，这些珍宝汇集起来，就是一本满满正气的书。

她心中不由得洋溢起一片真性情，道出了一番蕴蓄已久的话：

"以前，我往往在报端看到好医生，没想到好医生就在我们身边！像我，去过大城市大医院，有对比，有体验，因而感受深刻。久而久之，您对病人的倾心倾力，您的高价值付出，简直是焦裕禄精神的翻版啊！您为提高海州群众的眼健康水平、使眼疾患者更加美好生活，付出了辛勤劳动，做出了无私奉献，树起了行业标杆，可为什么看不到有关扶持力量呢？"

"我们做一个假设，假如您是公立眼科的'一把刀'，那么您会从众多的病源中选择，施展自己手术的魅力，其余的由副主任医师、主治医师来做，您何至于这么累？而且……"这些是何彦堵在心里打住的话，她怕触到痛点。

"愿你们的辛勤努力不会枉费，愿你们走过泥泞，挺过风雨，最终能守得云开见月明。"何彦拿起包包告辞。

她的话语依然在黄旭耳旁回响。民营医院缓解了财政的压力，满足人民群众就医需求，与公立医院同是医疗体系的组成部分，两者行业规范与职业目标一致，社会责任与使命担当一致，然而各方面的差别有多大呀。

咱们是真金白银地投钱，因为体制特点，也不能向政府提出诉求，有时刚生出这个念头，便又对自己苦笑。

他无可奈何却并不怨怼，嗟叹无益，但行好事，只管孜孜矻矻、咬紧牙不认输地走下去，把自己所有的本领和热情洒在伟大的卫生健康事业中，颇有"亦余心所善兮，虽九死其犹未悔"的意味，够体面厚重有意义吧。

薄暮冥冥中，黄旭一个人慢慢地走在沿途的风景里，沉思默想。在一株玉兰花树下，他茕茕孑立，徘徊良久，掀起了无限的回忆。待夜深人静躺在黑暗中时，无数过往便重现在他眼前，如泉水一样流淌出来……

第十一章
匿名信

"黄主任请坐,下午叫您来,是想向您了解一件事——"王海瑜院长面色平静地坐在椅子上,看了看对面的黄旭说。

"啥事?您尽管说。"黄旭一脸平静。

王海瑜向着对方缓缓地说道:"据有人反映,你把有视光问题的患者,介绍到你哥开的眼镜店,让他们去那验光配镜,而不让在自己医院配镜。对此你做何解释?"

"什么?——"黄旭闻言吃了一惊,半晌才说出话来。旋即一股愤慨涌升上来,"谁?是谁这么恶意?居然能想出这样的事情!这是蓄意损坏我的人格、名誉!"

黄旭让自己冷静下来,想了想,说:

"有近视、老花等问题的病人,一搜罗一大筐,这范围有点广——叫人很难辨清。不过,凡是我看诊过的病人,您尽可以一个个去问,让他们告诉您,我有没有做过这类事。"

看来,编造者颇费了一番心思。分明是子虚乌有,但他不想再辩解了,自己行事坦荡,身正不怕影子斜,半夜不怕鬼敲门。

王海瑜看着对方的神情变化,不像有一丝的隐瞒:"是一封匿名信，不知是谁从门缝底下塞进来的。前天晚上我7点多回来，它就躺在地上了。"

王海瑜于2007年年初由副院长升任院长，升任之后，他每天晚饭后都要到综合楼、急诊楼去转一圈，再回到办公室批阅文件，前晚他一开门就遇见这一幕。

"我私下问过你同组的医生，他们说你不会这样。我信得过你，你是有原则的人！"

"有句话叫越描越黑，还是交给时间去证明吧。"

"记得去年来过这一出，后来经过核查，并没影响你晋职。你想想，医院里谁跟你有过节呢？"

黄旭坦然一笑："我向来立得直行得端，整日忙于工作，不知为什么，也不知是哪个，偏要搞这样的事情。"

王海瑜微微蹙了蹙眉，似乎也是不解："我也想不出谁会这么做……"接着他推心置腹地说：

"黄主任，我知道您是一位优秀正直的好医生，我们也愿意把病人介绍给您。可我不得不提醒您一句，人事关系得留个心眼啊！"

谢过院长的好意，黄旭边走边想。真是"看破世事惊破胆，伤透人情寒透心"啊！护士长也曾提醒自己要多长个心眼，说什么防人之心不可无，自己为人本真，做不来龌龊勾当，谁料有人竟看不顺眼，捏造事实，手段不可谓不卑劣。

乘电梯下到一楼，外面不知何时落起了沥沥秋雨，他去值班室取回一把半旧的黑伞，撑开伞走进天已擦黑的雨帘中。他喜欢思考着问题步行回家。

枯黄的树叶萧瑟吹落，阴郁的冷雨漂溅他身上，忽然他心中蹿起一股莫名的逆反情绪，压抑在内心角落的不满、隐忍和委屈随着雨水漫游，思绪起起伏伏……

他想起升正高级别前所发生的插曲：他凭着深厚的专业学识，顺利过了学术论文、理论考试和面试等关卡，就在所有晋升最高职称的人员名单被公示的当口，一封匿名信投至区卫生局……

信中说他收受某某急诊手术病人送的红包。许是某人以为，"揭露"主刀大夫收红包，肯定是一抓一个准的。殊不知，面对利益，俗世中真的有光明品格的好医生，坚持把"得应得的钱，才心安理得"作为人生信条。

后经院纪委调查核实，该病人是送过红包，但是被黄旭毫不声张地充作了他的住院费，那病人趁机表扬黄旭是好医生。

"黄旭，你怎么未经我同意擅自去外地做手术呢？而且未上报医务科，你知不知道你这种行为就是'走穴'？"吴可峰沉着脸，目光中射出几分寒意。

"吴主任，首先我要申明一点，我不是为了追求利益去的，而是因为那医院院长恳切邀请我，去帮助他们开展准分子激光和白内障手术，我无法推却。"黄旭据实说出。

"下次不许你外出手术了！"吴可峰一听脸拉得比马还长。

2003年非典前期，黄旭应邀冒着风险飞往广东，成功协助外院眼科开展新技术。这事一方面彰显了黄旭的技术实力，另一方面，他却被冠以"缺乏组织纪律观念""走穴"等字眼传到其他人耳朵里。

凉沁沁的夜风拂过面颊，黄旭走得很慢很沉。天雨心亦雨，雨水淋漓了他的心事。自2004年被提拔为眼科副主任以来，自己将全副心力投入工作,除了把关业务技术,几乎总揽了科室一应大小杂务,包括培训、教学、科研、完善资料、处理纠纷等,把三十余人的眼科当成自己的大家庭,尽心竭力,忠诚忘我,却无辜被泼脏水。

有时有其他不好的谣言吹到自己耳旁,都一笑置之,因为是无中生有,自己不掺和别人的暗斗,有话喜欢当面说清,也愿意用善意和温厚的一面看待人和事。然而,自己对某些人性的黑暗和复杂真的是无感吗?

貌似平静的湖面下往往是暗流涌动,这是股充满嫉妒、偏私、阴狠、刁滑的浊流,自己没有能量激浊扬清,只恐将来无立锥之地。

他隐隐觉得,随着自己在业内逐渐知名,今后受到的诽谤也不会少。耿直的自己不会取悦讨好,像刚才匿名信里这类事,让人听了较自然地信以为真。若不是院长知根底,即使有再好再真再善的人格,也恐难以得到信任和理解。

"有些谎言说多了也会淹死人!"他的心像被锤子锤了一下。他抬头望望苍天,天黑沉沉的,仿佛一张冷若冰霜的脸,盯视笼罩着他的四围。他打了一个激灵,难道这一生就困在这里,画地为牢?那阴影对自己的羁绊将要横跨今后漫漫的医路,你躲闪不开!

他真真切切感到无比的压迫和反感,他想冲破周围重重的黑暗和屏障,去到一个充满光明美好的未来天地。忽然,仿佛天启一般,有个念头在他的心海里冒了出来……

到家了,黄旭拾掇起心情,带着一份淡定踏上楼梯,他不愿将自己的情绪带给家人。

晚饭后，黄旭将自己关入书房，精神上的压抑无处遁形。虽然他为憋着坏胎的小人行为所不齿，但是他的宽容和豁达化解不掉是非，他觉得长期在这样灰色的环境里，自己会失去"人"的光彩！难道下半辈子就窝在体制内，备受束缚没有奔头吗？

"不，不，不！——"另一个声音在他心里倔强地呼喊。他小时候描绘过多姿多彩的未来，工作后伴着《摘下满天星》的歌词，萌生过将来干番事业的梦想，现在这些梦想和歌词又从潜意识深处冒了出来，激起他的一种壮志情怀：

光明磊落、人格伟岸的自己怎能屈从于现实，一定要活出一个大写的"人"来！黄旭的眼底闪过一团从未有过的强韧和坚定：

"我的人生要由自己掌控主宰，我要奋力去改变自己的命运，我要凭实力去开创新的局面！"

他用理智衡量自己的资格和条件：经过二十年的历练和沉淀，现在无论是管理能力还是技术经验，都是很好的时候。在海州乃至省内，具备过硬的眼显微技术的专家屈指可数，而且大多专攻某一两个分支领域，勤学苦练的自己融会贯通，掌握众多眼病手术，经得起同行的检阅和挑战，可以说在海州数一数二，这绝不是自负。除了缺乏资金，自己完全有能力去开辟自身发展的新境界、新天地，为自己的人生打开另一扇大门，实现生命更大的价值和发展空间。

这些念想一起，就无法遏止，他立马打电话给广州的大哥黄岳凯，吐露自己的想法，摆出自己的优势，征询他的意见。

"在岱江开办一家民营医院？"大哥被二弟的这个想法惊住了，"在海州，这个想法很超前啊！难得你有这份设想——"

电话那头的大哥边沉思边分析：

"我这里周边有两家中小型民营医院，外界看起来感觉还是不错的，但内部经营情况，就不得而知了……医疗行业的投资不同于其他行业，风险、难度、成本都很大，你要有充分的考量……你既然有这么深厚的专业根基，技术好的眼科医生又稀缺，且海州有广阔的农村天地，老百姓很需要你这样的医生。从这方面来看，做民营应该是可行的。主要是资金问题，我们没有多少可支持你，银行利率又高，你找谁合股试试。"

大哥在广州经营一家商店，他中肯的分析和判断，像一盏明灯照亮了他，坚实了他的想法："新办民营医院前三年免税，借着这政策东风，去开创一番自己的事业！"

黄旭打开门，迎面却见妻子正立在门口。黄旭的眼睛里写满未来，林若英的眼睛里却写满问号。

"你与谁通话啊，神神叨叨的，有啥事瞒着我？"

"我想申请创办一家眼科医院，与人合股，你看如何？"黄旭兴冲冲地问。对于自己预备做出的一个重大抉择，黄旭不想隐瞒温良贤惠的妻子。

"什么！——"林若英瞪圆了黑亮的眼睛，几乎不相信自己的耳朵，少顷，她咂摸出了丈夫话里包含的分量。

接下来，她口里蹦出一连串话："你脑子里怎会冒出'办医院'的想法？创业有说的那么简单吗？那肯定是千难万难！放着安稳的日子不过，你这是要自找苦吃！光资金就难住了——我们拿的清白工资，背着房贷，抄家底也就 4 万元，就这么点钱搞创业，不是笑话吗？"

"找钱是很难啊，我和朋友们想想办法……尽管现实很骨感，但我还是要排除万难,相信这是一条有希望的出路。"

林若英转了一下念头说:"我们周边有一家口腔医院,那医院的院长是辞职出来创业的。我绝不同意你辞职!"

黄旭分析了行业前景,说出自己的硬实力,而后用不容分辩的口气说:"人活在世上总要为理想去奔波去奋斗。我的理想是创建一处没有倾轧欺诈、技术至上、医患互信的医疗净土。既然有这理想,就应当去实现,也不枉此一生!"

林若英注视着瞬间不一样的丈夫,他炯炯的目光里闪露出的刚毅、果决和勇气,硬是十匹马也拉不回来。丈夫平时小事顺着自己,大事绝不含糊。从事教师职业的她想了想说:

"我的理想主义老公,你真的要去摘星星了?不过,我的底线是你不能辞职!你向医院领导申请停薪留职,可以吧?这样,等你退休后生活还有保障,否则太没安全感了。"

黄旭点了点头,这一层,他倒不曾想到。他知晓,医院里有同行停薪留职下海,既然有这先例,想来自己也可仿效的。

第十二章
空白绘蓝图

车子已经进入东莞城区，街道两旁商铺林立，宁静优雅的绿树、草坪随处可见，舒缓着现代高楼带给人的压迫感。

车内放着轻缓的音乐，黄旭看着驾驶座上的教授说："辛苦了刘教授，回来让我开车吧。"

"没关系，这个时候开车，心情很舒爽。"刘教授穿着休闲装，握着方向盘，随时注意着前方和后镜，"葛教授亲自带高徒来医院参观，我岂能不效劳？"

后座上的葛京教授，一身简洁的蓝色西装，透着一股人文气质，他听到这话，脸上漾开可亲的笑容："君子有成人之美。难得黄主任有这份梦想，我们应当成全他"。

2008年农历正月初十星期六，黄旭飞抵广州取经。中山眼科中心巨擘葛京教授，对黄旭有一种英雄惜英雄的关切，他仁义热心地张罗，亲自与刘教授陪同黄旭来这儿考察。

春节期间路上的车辆比平时少了许多，也不显拥堵，十分顺畅地就到了东莞眼科医院。

这是一所国家卫生部批准建设的中外合资专科医院，成立于

2002年。医院的组织管理理念新颖，意识超前，手段科学，各科室的医疗骨干，都是由中山眼科中心派出的著名专家教授组成的。

中山眼科中心被誉为"眼科界的黄埔军校"，分科齐全，实力强劲，每个领域的教授都非同凡响，可谓"人人抱荆山之玉，家家握灵蛇之珠"。更难能可贵的是，教授们高风亮节，为青年医生树立仁心仁术的典范。

为何这两位教授对黄旭青眼有加，原来这里有一段因缘。早在1997年年底，黄旭曾来这里深造，分别在眼整形、白内障、青光眼、角膜病、眼底病各亚专科轮转三个月，打开了更广阔的视角，在理论和技术上有了质的飞跃。

那是融进他骨子里的一段岁月。在奥妙的显微世界里，他夙兴夜寐，优游涵泳，爬坡攻坚，博采众长。有时，深夜还与同期进修的各地医生切磋、交流，全面提升了对各类型病种的诊治能力。

在角膜科知名教授、老院长陈家祺办公室的抽屉里，常年躺着百元大钞，那是他发表论文的稿酬及各项奖励所得，用来帮贫困患者交医药费的。追随这些导师，黄旭不仅医术上快步精进，而且在人格锤炼上脱胎换骨。

作为医生创业的探路者，在东莞眼科医院，黄旭详细了解该院成功的运营模式、管理理念及服务体系等，拷贝回众多的资料。

将理想付诸实现，追梦者不能单单凭着一腔热忱和盛气作为，尤其是从事科技含量极高的眼科医疗。

"人知其一，莫知其他。"有很多眼科手术上的难点、疑点难以为医生所掌握和驾驭，黄旭如果没有绝对的实力，他支撑不起一家医院在群众心目中的口碑和品牌。

既走心又走脑，从一个科室副主任转换成一个开办医院的创业者，当中有很多艰辛的路要走。

昔时岱江的民营医院，仅有一家办了一年余的口腔医院，因专业迥然不同，没法借鉴。于是，他从东莞考察到的脉络、枝叶和材料中，反复琢磨，更新自己的认知和思维模式，拓展自己的知识结构和眼界……

对于怎么筹建一家医院，他从乱中理出了初步的思路和框架。他约了三个志同道合的朋友，他们很乐意合伙，商定合股分成比例。

在商业繁华的大街上，他们找到一栋面积6000平方米的出租楼房，每平方米20元的租金。四人认同后，黄旭拟写申请书，当时恰逢深化卫生体制改革座谈会，医院获市卫生局批准设置。

然而，这栋房子的装修图纸报消防部门，审核结果却是消防设计不合格，不许可施工，因而作罢。第二次选址在岱江经济开发区，就是现今五官科医院的院址。

请专业设计师设计后，黄旭对病房设定、区域设计、消毒设施、污水处理等，一个点一个点"抠"明白，及时提出并商讨修改，力求做细、做实、做到位。

装修医院的四个月来，他在城市的两头连轴跑，常常下班后骑着自行车，风尘仆仆地赶去现场勘察，然后带着月亮回家，他把新医院当成了自己的即将出生的孩子。

奔着追求卓越、打造海州眼科行业品牌的宏伟志向，无论是硬件和软件，黄旭都要走在同行的前面。四人商议后，黄旭购置了国际巨头德国蔡司生产的手术显微镜、冷超声乳化仪，配备波前像差定位的准分子激光系统等，组成无声的战场。

大多数三甲医院眼科使用的，也正是这些进口设备。黄旭明白，他不仅要砍掉价格虚高部分，还再三讨价还价，要求经销商达成最低价。

随着资金和精力的投入由浅入深，越来越多的想法和问题冒出来。按照二级医院资质评定标准，住院床位总数至少设定100张，需配备88名卫生技术人员，40名护士。

那么招聘人员、人才培养、组织架构、整体管理等，该如何落实？于是聘请了退休院长谷仕胜，由他担任策划顾问。

费心费力招齐了医护人员，如何把这群水平参差的年轻人打造成为一支精锐部队？谷老院长带着团队不断地培训、考试，黄旭从测眼压、电脑验光等眼科基本操作教起，细致到怎么看各项报告单等。

他们用时间、精力和爱不断灌溉，期望每一个医技人员、护士、视光师都有一颗充满爱和责任的心，挺直腰杆做有价值的事，培养他们成为懂品牌、懂视光、懂眼科医疗的多面手。

为了尽量少走弯路，把医院做成不一样的精品，黄旭和谷仕胜一起去了深圳几家高端民营医院考察，总结吸取他们有火花的内在，改进完善再完善，经五人聚首商议，决定将医院定名为"海州五官科医院"。

成立一家二级医院的初始投入之大，超出大多数人的想象。医疗用房内部的结构改造，一流的设备、手术室条件，医用耗材等配套产品，还有员工工资……所有这些成本都很高昂，将近

800万元的天量投资，回本只恐遥遥无期。

在此期间，在广州办企业的罗同学特意来参观，他对医院的总体设施表示赞赏。黄旭身上有一股对新事业的执着和韧性，他像镜子一样映照出自己当初的那份纯粹。

这位同窗好友，发自内心的慷慨，凭着对黄旭个人的品质和能力的完全信任，无息借给他100万元，鼎力助他创业。

2008年8月24日，新医院的整体气象焕然一新，欣欣向荣，环境整洁舒适、温馨幽雅，128名医护人员神采奕奕，各就其职，穿着簇新的印有海州五官科医院院徽字样的工作服，面带笑容积极迎接检阅。

上午8时30分，市民营医疗机构评审小组一行五人莅临，黄旭向他们介绍医院的基本情况。他们按照评审标准，对医院每一楼层布局、设施设备、各岗位、各角落、制度、流程、药房的药品等开展全覆盖检查。

一行人庄严地巡察到第七层，手术室布局严格按照标准的"三区三通道"建设，区域内部格局及无菌章程够规范，三个手术间内摆放着崭新锃亮的高端仪器，让所有人眼前一亮。

"光这些设备花了400万元，因为要保障手术质量，需要高精密仪器在后面支持。这套波前像差激光系统是海州首家引进，是当前治疗效果最好的——"黄旭从旁解说。

大家的视线落在这些昂贵的设备上，来来回回审度了一会儿，目光里露出几分讶然，似乎对这家医院有了新的认识。

他们查看了一应俱全、标识明确的手术器械、耗材。接着查看了全身麻醉机、吸痰、吸氧等抢救装置，护士打开发亮的抢救车，里面井然有序地摆放着各种急救药品、物品。

"怎么没看见麻醉咽喉镜?"细心的领导终于发现了这一缺项。

"领导,情况是这样的,我们眼科手术使用全麻的非常少——"黄旭解释。

"即使概率小,也要配备。任何事都要有预案,有了预案,我们才能放心。你想想,假如你们遇到急需抢救的患者怎么办?——你们不但要配备全套的气管插管用的咽喉镜,还要有会熟练操作的医护人员!"领导五十来岁,给人的感觉很威严。

黄旭虚心接受,表示立即遵办。结果就因为这个细节,审核不合格。

跨出的每一步都是难题,执业审批就是最大的难关。出于对公立医院的维护,当地主管部门提高民营医院准入门槛,这也在一定程度上树立了民营医院的正面形象。这次的挫折既在意料之外,又在情理之中。

三个月后,评审小组第二次来考评。由于当时没有专科医院验收标准,他们对照的是二级综合医院评审标准,逐条核查评分,并随机考查医护人员,又提出了新的更高要求。他们唯有继续整改,补齐短板再提高。

又过了三个月,还是那位领导率队,按照严苛的要求再难以挑出刺儿来,但还是模棱两可的态度。

这可怎么行?这样下去,将要置我们于死地!审核这一关给我们拖了足足半年!这意味着什么?建成的医院和人力资源被活活捆绑!团队工资和各种花费如流水一般出去,黄旭到处借钱发工资,为现金流问题愁到睡不着觉。

这是在浪费优质医疗资源,这与国家医改政策的导向合拍吗？心底里一股正义之火直往上冲，黄旭竭力压抑着，用平静的语气说：

"尊敬的领导，请您换位替我们想一想：整整半年，我们付出了双倍的努力，用全部的热情、信心和决心，苦练内功，提升本领，攻克了许多专业难点。望你们对我们团队的业务能力，做出客观的评估和指教。我们的宗旨是老老实实办医院，踏踏实实树品牌，竭诚为老百姓服务！为梦想做一家医院就难到这种地步吗？"

听完这番话，所有人陷入短暂的沉默。

"那你们用实在的行动证明吧，我们都会看到的。"领导脸色肃然地说道。

2009年2月26日，黄旭终于拿到了医疗机构执业许可证，医院自此获得运营资质。

第十三章
辞 职

2009年2月27日下午，对黄旭来说，是他人生中重要的转折点、分水岭。他向岱江人民医院正式递呈了辞职报告，办理了相关手续，宣告他从此放下了公立医院的"铁饭碗"。

踽踽立在广场上环视凝望，阴郁的天空射不下阳光，料峭的寒风给高楼抹上一层凉意和萧瑟，连带着要将他体内的温度抽去，他不禁打了个冷战。些许难言的隐痛怅然袭来，记忆像电影回放一样闪过。

"在这家医院的十二年里，我生活的主题就是工作。多少个白天黑夜，在手术战场久经考验，拓展一个又一个新技术，使科室业务蒸蒸日上，被评为市医学重点学科——即使在筹备医院期间，我都是利用非工作时间。满以为这里是我施展抱负至终老的舞台，可是凌驾于自己身上的诸多不遂人愿……我的血管里流的是血而不是水，我不能随波逐流因循苟且……"

矗立的围墙激发了黄旭心底的不安分，那种想改变现状、追逐自己梦想的信念压过了一切。跨出了体制和思维的禁锢，他得到了精神的自由。可他心里却像丢失了什么宝贵的东西似的，感到深深的不舍和空茫。这里有他人生中最亲切、最努力、最难忘的经历，这里是他理想的源头，它曾点燃他希望又毁去希望……

"一幕幕动人的场景历历在目。当那一双双焦灼的病眼恢复明亮时，当疑难眼病诊治成功时，那感恩和久违的笑容，那些发自肺腑的感谢信，那些夸赞和拥戴，曾给予我朴素的慰藉和欣喜，是我不倦追求医学的热力和源泉……别了，我深爱的医院、诊室、患者、同事们，我挥挥衣袖，不带走一片云彩。"

有过短瞬的徘徊和彷徨，但黄旭绝不会畏惧和退缩。他抬头向青天深处豪宕一笑，毅然转身，开始新的倾力以赴去打赢这场圆梦之仗。

眼科病区护士站，医生、护士聚在一起窃窃私议，对于黄旭的决然辞职，不同的人有不同的看法。一个护士说："黄旭副主任从不搭架子，手术做得最多最好，病人及家属反响很好，正因为这样……"

另一个露出惋惜的神情："唉，黄旭这样的医生谁不喜欢？我们有啥事找他，他都有求必应。这样的好医生却离开，太可惜——"

一位医生大气地说："人活的是心气。他在这里老是被罩着也不舒服，像他这样的实力派，还是出去搏一搏好。"

又一个表示："可是，科室里其他三位同事都是以调动出去的，唯有他要辞职出去。当中不知道什么缘故，这对他有些不公。"

"抽去了黄旭这根顶梁柱，让我们都感到透心凉，我们眼科这座大厦会否走向衰落……"

护士长走过来："下周护理质量检查，还不去准备？"众人急忙散开。

隔壁医生办公室，少有的几位资深医师见仁见智。有人用贬损的口吻说："黄旭医生出去开办什么眼科医院，与我们成了竞争对手，依我看，他那民营医院不出半年就会死掉。"

有人接过话头说："有了竞争对象也有积极的一面，它可以促进我们自身的发展。两家医院相互形成良性、有序的竞争，最大的获益者是病人嘛。"

"老百姓是不会轻易相信民营医院的！他们没有政府的拨款和各种保障，好比没有粮草供给的部队，能打胜仗吗？"

黄旭进门，径自走到办公桌前，开始清理抽屉，有人出去后，许多同事围了过来，他们纷纷报以祝福的态度，祝他顺利开拓新的天地。黄旭抱拳真诚道谢。

黄旭脱下白大褂，姜瑞祺拿起老师沉甸甸的资料袋，和崔月莹一起相送。行至岔路口，崔月莹红着眼圈动情地说：

"黄老师，您是我们的支柱，是我们的医魂。您的离开，对我们及科室都是很大的损失——以后再不会有人像您这样，殷殷指导我们手术技巧了……"三个人抑制着没让眼泪掉下来。

"忘不了一起走过的日子，从一点点的进步体会成功，那都是我们成长的财富啊！真舍不得您走！老师，我们真心祝愿您旗开得胜，医院越办越红火！"为缓和惨淡的气氛，姜瑞祺激扬寄语。

几年来的辛苦和收获，在潜移默化中给彼此留下的深深烙印，将会伴随他们未来的从医生涯。

崔月莹忽然表情愤愤："老师您在这里卖力工作十二年，连个欢送告别仪式都没有——"

黄旭心波涌动，无数言语汇成一句话，再会了……从此，十几公里的距离，却恍如相隔天涯；从此，各奔前程，他不得不把自己的过去和未来做一个彻底的截断，即使前路莫测，也要鼓起舍我其谁的气魄，在荆棘丛中拓荒前行……

红彤彤的朝阳透射进窗户，给人一股温暖。7点多了，林若英匆匆收拾好碗筷，提起坤包要去学校。她发觉丈夫还待在书房，要知道平常他早骑上自行车上班去了，便不由得诧异。

"你还不去上班？"

"我辞职了！"黄旭转过身来，只轻声说出四字。

寥寥四字在林若英心头炸响，她双眸一瞬不瞬地盯着他，丈夫的面庞难掩丰富的情绪反应，似乎预备着承受暴风雨的来临。知夫莫若妻，她深知丈夫从未说过谎言。

"这么大的事咋不跟我商量……你心里还有我的存在吗？……"她只觉得脑海里嗡的一响，迸出这么两句，气急之下像有什么堵住嗓子，再也说不出话，而两眼却不自觉地滚下泪来。

黄旭怔怔地看着泪水涟涟的妻子，眼里只有愧疚和心疼，妻子那质问和呐喊如一根针狠狠地扎着他的心。他上前想安慰她并请她相信自己，又觉得说这些话显得多余，他想起医院遭受的重创，近200万元的损失给了自己巨大的压力。

他满心烦虑苦涩，伸出手想抹去她脸上的泪，她把脸扭向一边。他轻拍其肩膀，只说出鼓励性的话："咱不怕，从头开始，一切由我来扛！"

林若英疾步冲出家门，把门摔得山响，震得空气都在发颤。这一刻半边天都暗了！她的心跟着沉到了谷底。她低头走着，眼泪像断了线的珠子，不停地往下掉。她没有回头，所以没有看到站在窗口凝望着她的丈夫。

她低着头边走边哭，越哭越难受。她做梦也没想到，平素稳重踏实的丈夫，竟被创业的热情冲昏头脑迷了心窍，不惜丢掉稳定的工作，不管失去太多的保障……

"他一反平日理性的做派，怎么变得那么任情率性，这么重大的决定也不和我商量商量，完全不顾及我的感受，难道我在他心目中的位置非常靠边吗？——他都不告诉我到底欠了多少债，那肯定是不小的数目……"

她一个劲儿胡思乱想。她感到前路是一眼望不到头的阴暗。在丈夫后半生的创业守业路上，将会遇到无穷的坎坷，无尽的荆棘，尤其是背负着债务生活，未来的一切都不可知，没有笃定的保障，没有踏实的安全感……怎不叫人忧惧恐慌！

"一切糟糕的事情都可能发生——"她不知不觉脱口而出，随即猛然一惊，不由得打了一个寒噤。她裹紧了身上的羽绒服，抬头四望，前方是十字街口红绿灯，街上车流人流已渐增多，看来时间不早了，她忙加快脚步往学校赶。

天已擦黑，林若英慢吞吞地踱回家，今晚没心情买菜做饭。

她掏出钥匙，打开房门的瞬间怔住了——餐桌上赫然摆着她喜欢吃的香喷喷的红烧鸡爪、青椒肉丝、日本豆腐，热腾腾的香味熏得空气也变柔软。

锅碗瓢盆的音律终止了，黄旭推开厨房门，看着妻子亲热地招呼："若英，回来了！"

她应了一声，虽然有些不适应丈夫的殷勤，可是有一缕涩涩的、甜甜的东西，在她心里滋生、蔓延，绵绵地将那些突兀的强

093

烈的情绪驱逐、融化……

"你不该单单瞒着我……"林若英叹了口气坐下，幽幽地抱怨。

黄旭伸手朝她碗里夹菜，几分开玩笑、几分认真地说："老婆大人，我如果事先与你说，还不是被你一棍子打死。"他望着她，脸上现出一种复杂的柔情。

其实，黄旭在设想创业时曾征求妻子意见，当时她要求丈夫停薪留职，坚决不同意他辞职。

她望进丈夫的眼眸深处，那里是温情，是坦诚，是一片纯净的海，二十年的光阴，并未使它被社会的染缸染色，依旧是当年吸引她的清白模样。

四目交汇处，双方已在心里过了万重山……

听妻子的口气，想必她给自己的爸妈打过电话，他们一定是做过她的思想工作。他们虽然生活在农村，却是那个年代不可多得的高中生，为人宽厚仁和，开明豁达，是充满正能量的人。

黄旭早跟父母说过想法，辞职前再次商量，老两口先是犹豫，怎奈儿子非常果决："大不了把自己的生活降到农民一样的水准！"

做父母的还能说什么？难道阻挠儿子建立一份事业？儿子从小就是一个刻苦好学、踏实肯干的人，人穷志不穷，他们骨子里认为，只要他努力坚持自己的选择，生活也不会亏待他，结果总不会太差的。于是拿出不多的积蓄支持儿子。

林若英动情地回想当年："咱们托了多少关系，费了多少周折，才通过正常程序，将你从西屏人民医院调到这里。你一门心思扑在工作中，我甘愿清苦，不辞劳苦操持家务，十余年共同辛苦，终于在2003年买下一套房子，生活逐渐有了起色，刚过上幸福安稳的日子,你却傻傻地走出待遇不错的公立医院,非要追求什么理想,真是简单又糊涂!"

黄旭苦笑了一下:"医院领导不同意我停薪留职,我又能如何?难道腆着脸去求他们?"

他敞开心扉坦言,自己能够对公立医院断舍离,当中也经受过几多纠结和无奈。别人体会不到那份束缚、失望和无奈,在那里工作做得再好,也要受人暗中"掣肘",没有发展前景和提升空间。他已经46岁,若再不大胆地去做想做的事,此生将会留下巨大的空白让自己遗憾……

夜色渐渐黑下,黄旭起身去洗碗。善解人意的林若英默默地瞧着丈夫的背影,眼里爬上晶莹的泪花,没有言语能表达她此时奇怪而交织的滋味……

经过激烈的内心斗争,她似乎读懂了丈夫的执着、坚毅、正气、孤勇和苦衷,他是一个胸怀洒落、光风霁月的好男人,自己怎忍心指责他让他雪上加霜?

"在外人看来,我和丈夫的婚姻生活是完美的。"她在心里说:"我们之间相互尊重,举案齐眉,感情亲密而稳固。虽然他不会说动听的情话,且常常加晚班,可是,相比于那些应酬频繁、几乎不着家的男人,简直是云泥之别。因为,那背后是事业心和责任心,给人一种无与伦比的踏实感。为此,曾引得周围多少人的艳羡嫉妒。"

没想到命运突然来了一个大转折,自己钟爱的平淡安稳的生活将不再停留,岁月再也不能静好如初!往后的生活不知要增加多少奔波辛劳,飘摇不定!可是事已至此,即便内心纷乱撕扯,也只能拾起勇气,去默默承受,与丈夫一同抵受患难困苦、风雨忧愁了。

第十四章
庆 典

2009年4月25日，迎着早晨温润的阳光，装修一新的海州五官科医院八层大楼格外气派，鲜花吐艳，绿植葱茏，气球飘扬，搭建在医院门前广场上的主席台，"五官科医院开业庆典仪式"的大红背景墙，将现场气氛烘托得庄重而热烈。

海州市副市长叶跃祥、区慈善总会会长李汉滨等相关领导应邀出席了庆典仪式。

叶跃祥副市长穿着浅黄色西装，器宇轩昂地站在麦克风前激情洋溢地致辞：

尊敬的各位来宾、朋友们：

大家好！

今天，我们在这里举行海州市五官科医院的开业庆典仪式。在此，我谨代表市委、市政府，对海州五官科医院的开业表示热烈的祝贺！向所有关心、支持我市医疗卫生事业发展的社会各界人士表示衷心的感谢！

海州市五官科医院是一家集医疗、预防保健、健康教育和防盲治盲于一体的民营医院,是我市医疗卫生服务体系的重要组成部分。今年2月投入试运行以来,该院实施软硬件建设,以眼科专业的优势凸显,建成名副其实的二级专科医院。今天,五官科医院隆重开业,是我市医疗卫生界的一件喜事,它将给本市的医疗行业注入新的活力。借此机会,我想对五官科医院建设提两点希望:

一要充分认识我国眼科医疗服务的形势,明确医院的任务与使命。我国眼病防治工作任务艰巨,是世界上盲和视觉损伤患者数量最多的国家之一。随着人口老龄化加剧,我市存在眼科医疗资源不足、人才稀缺、分布不均、质量不高,农村人口对眼病认识薄弱等问题。鉴于此,希望医院承担社会责任,积极开展防盲治盲等工作,帮助弱势群体,参与共建和谐社会。

二要努力树立医院服务品牌,扩大医院影响力,促进医院走上持续、科学发展道路。要强化医疗质量,提升医院服务能力和服务品质,抓好医德医风,规范管理,诚信服务。要依靠科技进步,不断提高医疗技术水平,拓宽服务范围,为民众提供安全、优质、高效、便捷、实惠的医疗服务,有效缓解广大眼病患者"看病难、看病贵"的矛盾。

最后,希望市区有关部门也要加大对五官科医院的支持和管理力度,我们翘首展望,医院在全体医务人员的努力下,一定会走出一条新路子,为我市的医疗卫生事业发展做出积极贡献。谢谢大家!

殷切的期望,豪迈的声音,热烈的掌声,久久回荡在医院广场上空。

守望光明

接着，黄旭身着藏青色西装，英气勃勃，像一株白杨树般站立在麦克风前发表致辞：

尊敬的各位领导、各位来宾、各位朋友：

大家上午好！

在这春光无限、万木竞秀的美好季节，海州市五官科医院在各级领导的关心和支持下，承载着人民的深情厚谊隆重开幕了！在这激动人心的欢庆时刻，首先我代表五官科医院全体员工向出席庆典的各位领导、来宾、新闻媒体、各界朋友表示热烈的欢迎和衷心的感谢！

海州五官科医院是我市卫生局批准的一家专科医疗机构。医院配套设施完善，布局合理，开设眼科、耳鼻咽喉科等科室，设置眼科病房103张床位，还有百级净化手术室。医院引进目前最先进的手术设备，向高水平、高技术含量发展，我们将以优良的服务和精湛的医术，把医院办成患者信赖、政府满意、社会认可的医院。

医院秉承"以患者为中心"的办院宗旨，坚守医疗品质，提高服务质量，保障医疗安全，以诚信为准则，让穷人治得起病。在这里，我们向全市人民承诺：医院视医疗质量为生命线，要求每位员工像对待自己的生命一样对待医疗质量，打造过硬的品牌。

为提高全市居民健康水平，解决白内障致盲问题，我们将与市慈善总会、各县区残疾人联合会共同启动"慈善开启光明"公益活动，为白内障患者实施复明工程，减免部分手术费用。对家庭特困、残疾人、低保户、对社会有突出贡献的白内障患者以及百岁老人进行全免费手术。

　　我们有理由相信，有市、区各有关部门营造的良好环境，有广大人民群众的支持和厚爱，我们一定不负众望，把健康事业做得更好！在未来的发展中，我们期待各位领导、嘉宾、各界朋友一如既往的关心、支持和信赖。再次感谢各位的光临！

　　浑厚的嗓音，稳重的举止，处处透着自信的力量。现场响起一阵热烈而持久的掌声。黄旭绅士地鞠了个躬，他表面平静，内心波澜：今天，自己的梦想从这里启程，挂上远航的帆，奋斗在那困难的航道上，体悟那"直挂云帆济沧海"的气魄，一路前行，永不言弃……

　　上午10时，伴随着漫天的礼花和阵阵掌声，在市区有关领导、嘉宾、眼科同人、地方老百姓的共同见证下，五官科医院正式揭牌。

第十五章
义 诊

坞坎镇位于孝定县的东南端，与鸡山乡隔海相望。小镇陆域面积30余平方公里，工、渔、贸多业并举，曾荣列省综合经济实力百强前茅。

然而彼时，小镇工业经济的发展，却没能带动眼科医疗方面的发展，因为眼睛是人体最精密的器官之一，眼科技术的行业壁垒异常高。

5月1日，春风骀荡，花团锦簇，大地一片春和景明。上午8时许，庄重的坞坎镇街道办事处大门口，悬挂起"海州五官科医院慈善开启光明"横幅，红底黄字格外醒目，大门前方的广场上，已经支起了红色帐篷，排开了桌椅板凳。

当日一大早，广场上聚起了熙熙攘攘的人群，许多是从十里八乡闻讯赶来的。医护人员一摆开工作场面，就忘我地投入义务诊疗中。在护士沈琼的引导下，群众有序地接受视力检测、裂隙灯检查等一系列检查程序。

因为是初创医院，没有任何社会知名度，他们甚至出现过128个医护人员围着一个病人转的情况。那么，该如何尽快打开市场，维持医院正常运营？如何赢得群众对民营医院的信任和口碑？如何树立良好的品牌并深入人心？

无论如何不能等待下去，应该主动到广大人民群众中去。

于是，黄旭组织两支医疗队深入海州各县乡镇，开展眼病筛查、防盲治盲、义务宣教，使因眼疾而受苦的老人不用起早摸黑求医问诊，让他们自觉自愿来医院手术。手术收费都较低，即使赔本劳动也得继续。

黄旭一个县一个区地跑，了解到各地农合、医保都有一些保护方法，提交了申请，中间经历了许多道坎，终于渐次开通了新农合。

相比公立医院同类手术，患者在这里所需花销的费用便宜得多，手术后快速地恢复状态超出预期，他们对医院服务都非常满意，表示要介绍其他人来。

在这个还需要建立诚信的社会中，你必须要做得比别人好很多，做其他医院不愿意做、不能做、不想做的服务和手术，你才能在刀锋一般薄的收益上走下去……

黑色遮光布盖着一架精密仪器，黄旭好像钉在了硬条凳子上，透过它放大十倍的显微镜，对着轮流上前的村民，耐心检查每一双眼睛，告诉他们检查结果。

"医生，我的右眼不知道怎么回事，最近视力下降，看不清楚东西。我听村干部说，今天早上有眼科专家到镇里义诊，一大早我就过来啦！"这位大伯说着在凳子上坐下。

黄旭听完后，调节好显微镜的焦距，对准他的双眼深部仔细检查，说："你的眼底有问题，是黄斑出现了病变，需要到医院进一步检查、治疗。"

一位中年妇人扶着母亲坐下,她说:"我妈视力越来越不好,做什么都不方便。我的眼睛看东西也模糊,请您给我们检查一下。"阿婆的眼神有些发瓷,像是罩着一层雾般。

黄旭为这对母女检查后说:"你的眼睛没啥毛病,应该与屈光不正有关。你母亲得的是白内障,已经快成熟了,可以考虑手术了,这个时候做会有比较好的效果。"

一位五六十岁大妈有异常表征,黄旭给她检查眼底后说:"你的眼睛神经有点萎缩,一定要尽快到医院,做排查青光眼的检查,以免耽误病情。"

大妈不相信地问道:"医生,我只是看东西有点模糊,没有感到不舒服啊?"

"正因为没感觉,所以要早发现早治疗,听我的不会错!"黄旭果断地说。

男的,女的,老年的,中年的,状况百异,各色各样……从角膜到眼底极其细微的病变,必须用心捕捉才能分辨得出。

一旁的沈琼忙着记登记表,一边对问询的村民诚意举荐:这位是我们医院的黄院长,他对眼科手术最有经验,您可以去海州五官科医院找他,还可以享受优惠1000元上下的手术费用。

乡民们看着黄旭悄悄议论开了。一个方脸大妈道出了心中疑虑:"真有这么好的事?这位护士的话儿该不会有假吧?"

一位花白头发的老汉马上纠正她:"我们自己镇政府组织的,那还有假?若照你说的,这个社会岂不乱了套?"

一位慈眉善目的老者道:"我看他检查的样儿就觉得他老到。你看他一连几小时不离开座位,不喝一口水,那认真劲儿现在上哪儿去找?不信他还信谁去?"

大家七嘴八舌，一个面色黝黑的大爷总结："依我说，要做手术的去县城医院再看看，对比一下不就清楚了?"

一个上午，医护人员共检测了200多位中老年人眼睛，黄旭筛查出白内障21例，青光眼早期需确诊的6例，其他眼部疾病15例，并提出治疗方案及护眼建议。末了，黄旭面对着群众朗声解说：

"白内障是我国第一致盲原因，早期的白内障可以使用药物，而后期的白内障，要想彻底治疗，手术是唯一的有效方法。一般视力在0.3至0.4以内，就可以选择手术，现在好多人对白内障手术存在误区……"

街道办事处副主任赖益文几次来到现场，并未打扰医护人员的忙碌。此时，他上前握住黄旭的手，连连道谢："你们做义诊这样专注投入，这份敬业特别让人感动！"

"辛苦你们了，岛上乡亲们都等着你们去呢！"赖益文请黄旭他们吃中饭，他聊起隔海岛上有一位102岁老人，因患白内障双目失明，平时都拄着拐杖，摸着走路，上个月摔倒了，手腕骨头断了。

黄旭问清老人没其他大病，便说："白内障造成的失明可以通过手术来复明。对于百岁老人，我们医院是免费手术的！"

赖益文面露惊讶和疑惑："老人双眼'失明'好多年了！咱农村有句俗话叫：'七十不留宿，八十不留餐，九十不留步。'这么大年纪，手术风险太大了。"

他这话的深层意思是：老人年龄越大，身体各方面愈加脆弱，很容易因为一个小小的意外发生不测。为规避祸端，很多医生不敢对高龄老人动手术。

黄旭说："能用自己的技术，为老百姓解决痛苦，我从不回避难做的手术。当然，手术前要做评估的。"

一辆半旧的皮卡车开到栈台码头，黄旭一行五人一下车，弥漫的咸腥味儿便迎头扑鼻而来，司机和另一护士合力攥住纸箱子，里面装了50斤重的仪器，迎着正午的阳光没走几步，汗水就从额头渗出来。黄旭去买渡船票。

上了船，黄旭走到轮渡的甲板上，伸手在眼前搭起，极目远眺蓝天碧海，空旷爽净，任海风拂面，听浪涛声声，海鸥鸣叫，马达突突，看船头一路犁开雪白浪花，心境异常旷放明净。

他内心住着海一般的情怀，他喜欢感受大海的波澜壮阔，喜欢做一个海纳百川的人。

船开二十分钟后，靠上鸡山岛的简易码头，海面上浮舟泊港，桅帆林立。登上码头，抬眼望去，一排排临海建在山坡上的民居鳞次栉比，随着山势错落有致，像布达拉宫密集地覆盖着大半个岛屿。他们顺着寂然清净的"U"形路走，喧嚣之声远去，仿若进入了一片鲜为人知的"宁静的处女地"。

黄旭联系上了南山村村委会主任葛云霖，他引领着介绍起岛上的地理分布。该岛屿面积只有1.57平方公里，主要有南山村、北山村、后岙村等。

在南山村村委临时搭建的"诊所"，远道而来的医护人员让宁静的小渔村霎时热闹起来，乡亲们纷纷来到义诊点排起长队。由于进出海岛不方便，村民对医疗队的期盼和热切，由此可见一斑。

甫一到达，四人立刻穿上白大褂投入诊治。现场秩序井然，洋溢着浓浓温情。

"医生,我眼睛红、怕光、磨痛,滴药水没有效果。"一位五六十岁的老伯边说边坐下。

"你这是翼状胬肉,都已经长到瞳孔了,这种情况需要及时手术切除治疗。"黄旭检查后说。

"翼状胬肉是眼科常见病,长期受海风侵袭、强光照射,在船上作业的渔民容易患上胬肉,胬肉能治,别拖……"黄旭为他们释疑解惑,并告知治疗方法,受到村民的交口称赞。

在短短两个小时里,黄旭他们熟练地筛查了100多人次,发现较多老年人患有不同程度的眼部疾病,便针对性地给出下一步检查和治疗建议。

一位年纪七旬上下的老太太接受检查后,等候在一旁。这会儿,黄旭在村民们尊敬的目光中跟随她去上门送诊。

沿着屋角小径往高处悠长的巷道走,这里房屋都是用石块垒砌而成,家家大门敞开,巷弄交错相通。

走进一间石屋,百岁老人用吊带挂着右手腕,孤单地坐在椅子上,儿媳凑到老人耳边,大声地告诉她:"医生来家里看你来了!"老人笑了起来,嘴里说着:"好,好!"

金色的阳光透过窗户,洒在老人面上沧桑的沟壑里。她睁开皱褶里的老眼,多么想穿透面前的黑暗,走到健康鲜活的自然中去,可终究是徒劳。怎料有救星赶来,要将她从这暗无天日中救出!

黄旭提起她下陷的眼皮,用检眼镜查了她的眼睛,发现她眼珠全白色混浊,其包裹着的核呈现超级硬的黑色,这种"白+黑"白内障,手术风险、难度都很高。不过,幸而遇到自己,他心中始终有个谱，自信能制胜它。

"等阿婆骨折痊愈了，你们就带她来我们海州五官科医院做检查。只要没什么大毛病，这手术就能做！到时如果你们怕迷路，我们可以去车站接。"黄旭温和而恳切地说。

婆媳俩高兴得合不拢嘴，连连道谢。黄旭在纸上写下医院的名字和电话号码，交给徐仙娥。她热情地送他出了门，黄旭抬手阻止她继续相送。

黄旭返回南山村村口，现场已回到先前的安静。一位老伯过来告诉他，四位同伴往山上探寻去了，葛云霖在为他们购船票。

他信步走向沙滩，波浪柔柔地冲来又缓缓离开，仿佛听得见艳阳抚摸海浪的声音，四周澄澈如洗，幽静如梦。在这一刻，他才能让自己放松这颗疲惫的心，在深情的大海边，聆听和感悟海的旋律和禅音……

少顷，手机响了，同伴们已收拾好物件，过会儿在码头会合。葛云霖手持末班轮渡船票，正翘首等着，一看到快步走来的黄旭，就抬起胳膊冲他招手。

村委会主任和他们一一握手："你们从这么远的地方赶来，到家门口帮我们看病，真是为百姓们做的大好事，太谢谢你们了。"

黄旭心头一暖，他将永远记住这些纯朴敦厚的人，能为乡亲的健康生活提供帮助，是五官科医院朴素的使命和担当。

呼呼的海风吹干了他们被汗水湿透的衣服，顿时百感畅快，大家坐在舱中有说有笑，谈起今天收获颇丰，都说过了个名副其实的五一劳动节。

暑期来临，义诊团队走进百姓，持续接地气地服务。坐在灼热的遮阳棚下，一股股的热浪袭来，汗水不知不觉地浸透后背，黄旭他们却始终面色如常，耐心检查，指导建议，让平时疏于体检的老百姓，做到早发现、早治疗，避免了眼科疾病进一步的恶化……

工作乏累，午间休息时，大家或坐或躺在凳子上，黄旭斜倚在户外的座椅上小憩，背后好像靠着熔炉，脑海里进出同是创业的朋友说过的话：如果比难更难，比苦更苦，干脆我们就笑笑，把它当作比好更好。

每周，每月，每年，不怕严寒酷暑，不怕山高路陡，海州各地的山山水水、边边角角，存满了他们的艰辛与汗水，印下了他们成长的一个个脚印。在这样艰辛的前行中，医院一点点积攒下口碑，在老百姓中口口相传，慢慢地有了信誉，有了起色，前头的路渐渐明朗开阔起来。

他们是富有侠义心肠和公益精神的一个群体，用爱心、善良和专业能力倾情为普罗大众服务，把创业之初的热情一次次熔铸在平凡劳顿的远途义诊中，一路挥洒的汗水和心血凝结成一颗颗时光的珍珠，在医院创业发展的征途中熠熠生辉，也在时代的洪流中闪耀光芒。

第十六章
"工匠"的奇迹

"老伯,我现在给你取下纱布,您应该看得见了。"

清晨,黄旭伴着晨曦走进病房,他来到17床病人身边,轻轻掀开覆盖着刘老汉左眼的纱布。

顷刻,久违的光亮奔来,包在褶皱里的眼睛一亮,还以为是幻象,老汉眨了眨眼,环视一圈左右,真的!阳光洒进窗户,整个房间活起来了,四处洋溢着温暖……

他一眼看见了慈善的面庞,虽然有些许模糊,但无比珍贵。

刹那间,兴奋和激动如决堤的潮水,哗啦啦地从他心里流泻出来,他忍不住高声嚷嚷:

"啊!我看得见了!黄医生,昨天我只能听见你的声音,没想到今天我就能看见你了!"

"再也不用人扶着走路了!哈哈!我比中了彩票还高兴!"老刘脸上泛着红光,开心得不得了。

相似的情景经历了上万次,感受着病人的心花怒放,黄旭整个心房也被点亮,他用心灵拍摄下这一个个瞬间,一起沉淀进自己的记忆长河中。

"手术已经给您做到了最好，因为您有角膜云翳……"

"您都已经与我们讲过了……能看得见比啥都强，睡觉我都会笑醒哩！"没等黄院长说完，刘老汉欢喜地抢过话头。这份激动又促使他絮叨开：

"我们走过多少医院，看过多少医生，连省城大医院的医生都说我眼睛不能治了……"

"等会儿您会被送进手术室，做右眼手术。"黄旭拍拍老汉的胳膊，将他从泛滥的情绪中抽离出来，说完他抬步往另一病房走去。

刘老汉对光明的渴望和向往，只恐无人能出其右。中年时得角膜炎，遗留下瘢痕，平常看东西就不清楚。十六年前他左眼视力开始下降，今年起他右眼越发昏花起来。近三个月竟成了瞎子，走路、洗澡都需要有人陪伴。老人觉得自己拖累了家人，整天闷闷不乐。

儿子带着父亲看了很多地方，都表示"治不好了"。前不久，老刘在老人协会闲聊间，听说有类似自己病况的老人慕名找五官科医院黄医生做的手术，视力恢复喜人。

抱着死马当活马医的心情，在儿子的牵引下，刘老汉找到黄院长。院长那严谨细致、客观实在的检查和分析，让他们信服。没想到，今早老汉就摆脱了绝望，迎来了光明。

"超声乳化技术自1992年始引进我国，此后发展为白内障主流的手术方式。你们谁说说该技术的大致发展？"

黄院长抛出了应景的问题。不锈钢洗手池边，三位医生抬起双臂，每一根手指头反复用力揉搓，今日他们将要循环58次洗手、消毒。

"在人体最脆弱的方寸内，曾经6毫米的切口，逐步缩小到2.8毫米，再到目前您走在前沿的1.8毫米……"许丽蓉的总结要点分明。

"至于2.8毫米和1.8毫米的区别，多数病人分不清，但我们坚持用精准医疗精准打击疾病！——现在我们使用的爱尔康智能超声系统，被称为'超乳中的战斗机'，是目前世界最先进的。"谢国栋语气里有些小小的卖弄。

"像宣传的那样，手术在十分钟内完成，似乎轻而易举。其实，超乳属于四级难度手术，需要主刀眼、手、脚、脑合一，没有十年功底，真不一定能做好；而且，更难的是精准诊断。像昨天那位阿公，视网膜孔洞隐蔽，院长敏锐洞察，又连着做了激光光凝。"许丽蓉感到难以琢磨其中奥妙。

黄院长解析："近锯齿缘的细小裂孔较难发现。去年有一位阿公，术前检查都未能查出，术后第一天却查出边缘有一马蹄孔……"

许丽蓉从临床医学毕业，应聘到某公立医院眼科，工作一年来都轮不到做助手。她在外院实习期间，就闻听海州黄旭的名声，近日通过老师的牵线，她趁周末来这儿观摩手术。

按照头一天的安排，2018年8月19日这一天，集中了58台超声乳化手术。就在前三个月，院长创出了个人单日完成68台近视手术的纪录。

从建院初期每年做不到300台手术，到现在一年主刀近4000台。黄旭一次次冲破困局，一次次逾越高度，化不可能为可能，苦心孤诣地追求手术的极致。十年来，医院在夹缝中"杀"出一条生路，树品牌美誉，寻长远发展。

近年来，政府对社会办医在一定程度上放开了限制，海州市新开了十几家民营医院，医疗市场竞争加剧，五官科医院作为民营先锋，自始至终，用品质至上的"光明神器"，点亮一双双病眼，守护夕阳的美好。

刘老汉有说有笑地被董俏勤扶上手术床。他憋不住不说话，趁这工夫又说开了：

"护士，您说，这得多高的本领！十分钟不到，没感觉到痛，瞎了的眼睛就亮回来了！我要说，黄院长比省城专家都厉害，可不是我抬高他……"

率真的董俏勤应道："黄院长要是在大医院上班，他肯定要让给下面的医生做，请他做手术的怕排不上呢。"

"那是！"刘老汉并不深究，继续自顾自地赞叹："赶明儿我自个儿走回去，村里人都要说我遇了仙呢！哈哈！我得告诉他们，我遇见了黄院长！"

黄院长举着双手进来，听到刘老汉后面这话，也不由得笑了，一边轻抛手术袍，顺势伸臂去套，说了一句：

"其实，作为医生，我比你们更希望患者能恢复到最好。"

"大爷，您可别动了，现在可不准您说话了。"丁伟珍一边嘱咐，一边和牟俊超麻利地给老汉铺上一层又一层大幅无菌单。

冲洗，消毒，滴麻药。手术床旁的托盘架上，谢国栋一字排开尖端纤细锋利、手柄精致压纹的袖珍小武器。

"老伯，我们开始了，眼睛勿要动，忍几分钟就好了。"照例是一句简单的安慰，即使病人没有顾虑。

许丽蓉用手指轻碰了一下谢国栋的胳膊，示意让自己上前。

111

谢国栋不舍地让开。

"手术难度太大了！"许丽蓉倒吸一口冷气。刘老汉的角膜好似罩着一道雾障，若隐若现地挡住黑褐色硬核，这意味着几乎接近"盲操"。

黄院长左脚控制着显微镜，右脚控制着超声乳化仪，左手和右手分别控制进入眼内的跟笔尖差不多的器械，对着小石头似的硬核削刻。

只见患者的眼睛表面，冒出了一阵阵青烟一样的乳液。

凭借数万例手术带来的精确手感，虽然看不清，但黄旭知道，又韧又厚的晶状体核已经被掰开两半！继之轻巧地旋转核块，将一半的核劈分为四分之一，再一小块、一小块地吃进乳化头里。

手法堪称绝伦！这样的"盲操"依靠的，不仅仅是天长日久打磨成的手足筋肉的规范动作，更需要主刀拥有足够的勇气和心理力量。

突然，一个意外情况发生了：因为核太硬，无法充分乳化的核碎块，竟然把机器管道堵住了，怎么吸都吸不动。

如果这个时候继续操作，就会损伤眼角膜，让患者的角膜瘢痕雪上加霜。

在看不真切的几毫米空间内，如果有任何一丝丝的动作误差，就会突破解剖上的危险边缘——仅有3微米厚的后囊膜，让核块掉入玻璃体，或者术中眼睛发生大出血等，随时都有可能。

所有人都屏住了呼吸！

此时此刻只见黄旭冷静地拔出乳化头，指挥谢国栋冲洗套管。

管道通畅了。黄旭小心地把剩余的核块拨移、乳化、吸除。

他接过蓝色注射器,对着切口,把一个卷起来的透明人工晶体植入患者的眼睛里,浑然天成地舒展开来。

"它是世界上最美丽的一朵花!"许丽蓉暗叹。

消毒洗手液从双手一直抹到大臂,重复搓洗间,许丽蓉感喟道:

"眼睛手术,就像在眼球上的微雕。我很好奇,院长您这双巧手到底是怎么练出来的啊!您第一次做超乳是怎样的体验?"

"技术进步没有止境。有些东西,只有亲身经历过,才会领悟、成长。我是在1998年3月开始做的——"

二十年了。黄旭还是记忆犹新。那是一个春日的早晨,细雨迷蒙,老伯躺在手术床上,台上已经铺好了,簇新的超声乳化仪已开机,巴巴地等着主任来主刀。然而,不见主任人影!进修回来不久的黄旭才上场。率先开辟3毫米的巩膜隧道切口,首次操纵超声碎核……他格外精细,独自花了半小时完成。

翌日,眼科范院长、吴主任查房来了,穿白大褂的各级大夫跟了一群。他们重点查看医院首个接受超乳手术者。暗室里,裂隙灯下,盯着患者契合的人工晶体,两位权威相继哑然无语。哪承想,这项他们没尝试过的新兴手术,被黄旭一个人驾驭得这样好!

又一只被白色混浊体挡住了视线的眼珠,暴露在显微镜灯光下了。仿若戴上3D"鹰眼",手稳如磐。不管是面对复杂或常规手术,黄院长从不带手机进手术间,以免扰乱心神。这份专注让他对每台手术都能倾注完美技巧。

董俏勤走近报告:"黄院长,值班医生打来电话,说有一位青光眼的患者眼压50,头痛眼胀,请您手术空隙去看看。"

"首要的是降眼压。叫他先用上匹罗卡品滴眼液,静脉滴注甘露醇。我午饭前下去看。"黄院长吩咐完,脱下手术袍。

套上新打开的手术包里取出的无菌衣,手术压荏跟进……

晌午近1点钟,黄院长"噔噔噔"出去看那病人了。四位医护来到休息间。休息间的餐桌上,摆放着医院食堂送来的工作餐。

看着两位医生用左手吃饭,许丽蓉使筷子还不够灵便,牟俊超不禁好笑。他们分明是为了训练左手的灵活度,以便在手术台上发挥。

"多亏我们备有43包白内障手术包,赶一趟够了。"董俏勤从供应室送消毒包回来,此时才能坐下稍微喘口气。她负责器械到位及病人的接送安排,确保每一台手术之间衔接紧凑、有序。

"黄院长说,外地有专家一天完成七八十台超乳的,在同一个台上。我敢说,像我们连做58台已经是最正规、最快的流程了。"丁伟珍的自信颇有专家风范。

"要是在西方,医生一天顶多做10台到15台这样的手术。"谢国栋说。

许丽蓉没经思考:"你们无菌标准方面做得规范。我们那里可承受不起58台眼手术量。"

董俏勤评议:"从大众眼光看,你们那医院应该算不错的……"

"我们有三个医疗组,平均工作日15台吧——像你们这么拼,回报应该优厚吧?"

丁伟珍无奈苦笑:"我们医院是政府指定的白内障复明中心,

社会效益第一。你想一想，我们用的设备、器械、人工晶体等，比起你们那边怎样？更好是吧，而相应的收费却比你们的低……你回去可以留意比较一番，写篇调查论文。"

"等她弄明白时，就不会再来了——待在那舒适区多好，什么都有托底、保障……"牟俊超说这话并无"酸气"。

"华厦总裁常说：左手医疗，右手行善；一边治病，一边救人。像我们真心在做公益的，被定义为营利性医院。像别家——"牟俊超听见脚步声便住口了。这个问题谁也没辙。

黄院长抡了一下胳膊，快速地坐下，一盒饭，六七分钟吃完。一口气的间隙，便投入了下午的战斗。

一台台手术的成功不是机械的重复，而是千差万别，各有奇特。

多年来本色不改青山依旧，院长接诊每个患者时，仔细把控术前检查。对合并存在青光眼、视网膜疾病等眼病的患者，他都精心准备手术方案，有任何风险都坦诚与患者沟通。

短短六七分钟，混浊的晶体便恢复神奇的美感，许丽蓉悟出了门道：黄院长淡定到雷打不动，他身上有的是理智、明澄、沉静等可贵品质，这些品质滋养了他的手术风格，使他到了非一般人所能比的境界。

"英雄就是对任何事情全力以赴，自始至终，心无旁骛的人。"她脑海中浮起诗人波德莱尔的话，这话真应景儿！原来英雄离她如此之近。

行云流水的节奏。到了下午5点，许丽蓉站得腿疼，告辞回家了。倪翔宇从老家回来，顶替谢国栋做助手。

"提起十二分精神，积极应战。"黄院长声音有点沙哑。窗外天色已黑，还有十几个病人等着呢，顾不上喝水、吃晚饭了。

"院长您能撑住，我们更不用说了。"有点蔫蔫的董俏勤一下来了精神。

此刻，凝成雕像的黄旭重又变成一架手术机器，他用极强的意志力克服疲困，挑战体能、耐力、精力的极限。他所操作的每一秒都必须要求非常稳，非常精准，数十年如一日的"工匠精神"，在他身上释放出最独特的光芒。

丝毫不容停歇，直至深夜 10 点，手术全部告捷！所有人的脸都蒙上了浓浓的疲色，连续十四个小时，保持着神经紧绷，精神高度镇定，就算是体质超过常人，也会有些扛不住。

脱下汗湿的绿袍，黄旭感觉卸下了千斤重担似的，与此同时，一种极度的疲惫感排山倒海地袭来。他浑身一点力气都没有了，手腿麻木得好像不是自己的，他眼前一阵发花，愣站了一会儿，慢慢移动着酸沉的双腿，脚底好像踩在棉花上，因久坐生了疮的臀部疼痛异常……

他内心却涌上无限的快慰，因为通过自己的手完成的是精品，它们将会像一个个灯塔，熠熠发光地照亮患者余生的世界……

"若英，你叫黄峰洋开车来接我回家吧。"疲惫的声音传了过去。

"接你?"林若英奇怪了，这可是从来没有过的。不过她从声音中听出，电话那头的丈夫，绝对是劳累得无以复加。

第十七章
情怀之夜

蓝天之畔，云卷云舒，太阳缓缓下坠。渐渐地，红日只露半边脸，抹了半个天空的晚霞，似瑰丽轻柔的绸带，海也被染上了一层绯红。

"咔嚓""咔嚓"，三位老朋友不约而同地用手机镜头摄下这唯美辉煌的画卷，来挽留这最后时刻的美景。

夕阳用尽了自己生命的燃料，眨眼之间消失了影踪。看着天边的云霞变成了玄色，罗铭泉心里顿生黄昏般凄凉的心情，他叹了一声说："不知不觉58岁了，有的时候我总是在想，等我到了七八十岁的时候会是什么样呢？"

葛定中接过他的话说："等到那时候，我们自个儿老眼昏花，做不了精细手术，医院让给后浪去发展了。"

黄旭想起自己被问过最多的问题："在这几年里，常有友人发问：如果没有辞职，你会是什么样？"

耿直的罗铭泉应道："这不难回答，那肯定是安逸多了。但是，想做却不敢去做，没勇气选择改变，这会使自己陷入苦恼——我也是几经思考，才下决定的。"

守望光明

三人在暮色中踱步，白色路灯一盏盏亮起，海涛拍岸的乐章，触动着他们心底的弦，思维便随着夜风自然漫游。

在厦门举行的眼科学术大会上，大咖云集，就眼科最新技术开展交流，此次会议授课教授多为中华医学会眼科学分会成员。黄旭对于糖尿病性视网膜病变的治疗进行了重要讲课，分享了激光治疗应该先打哪里，激光的时机如何考虑等心得，得到大家的一致认可。

回到宾馆，葛定中泡了三杯自家带来的云雾茶，看着碧嫩的茶叶在水中舒展、游动。"今晚难得小聚，咱哥们喝喝茶，叙叙旧，随便聊聊，给自己放个假。"

厦门的夜是温柔的，是清雅的，让人心平静释然。茶香氤氲，温润了心房，让彼此的情怀流动了起来……

他们是二十年前进修之旅上的同道。逐梦路上结下的友情最长久，今夜是属于他们三人的。三人大致讲了各自的故事，他们经历创业路上的种种尝试，弯弯绕绕之后，先后以参股的模式，加盟华厦集团。只因为，他们在那里找到那一份初心。

"当年我们一起进修的二十位，有六位从公立出来，选择这条艰难的路。来到市场，就要在技术上挑战自己，好好经营品牌，为老百姓多做一些事情，自个儿既当院长又做主刀，单单是超乳手术，每年主刀两三千台。"葛定中因为不认同那家医院的经营理念，自己创办眼科医院四年了，仍保持着直爽的性格。

他们身上最耀眼的光芒就是积三十年经验的高深技术，因为眼睛手术主要靠主刀"单兵作战"，手术中如遇到疑难棘手情况，都依靠主刀快速判断，当机立断，所以他们一个人要活成一支队伍。

"在国外，真正好的都是非公医疗，它们竞争力更强。我们都贯彻'精准扶贫'精神，常常深入乡镇……一些贫困人民得了眼病，不敢上大医院，我们为他们治好病，还少花钱。因为每复明一个人，既解决一个劳动力，又幸福一家人呀。"罗铭泉不无感叹地说。

"那些五保户、特困户，我们是免手术费的……我们大量筛查眼病时，不但查白内障，还排查青光眼，对青光眼的早诊早治，为他们保持有用视力，扎扎实实做出了贡献。"黄旭回首，或许只有切实付出了，才会感到内心的"富有"。

青光眼在40岁以上人群中的患病率为4%，它是隐秘沉默的第一视力杀手，绝大多数患者因为无痛无痒，而不知道自己得了青光眼，故而早期发现非常重要。

"释放自己的价值，尽最大可能。可以这样说，在中国完成白内障扫盲任务中，是民营眼科担当着主力——正是因为有我们这样的医生，奉献了本领和爱心……我们华厦医疗队连西藏、宁夏等边远山区都去了，翻雪山、上高原，去帮助更多的贫困患者脱盲——这种吃苦、奉献也是一绝啊！"葛定中挥斥方遒。

在社会化办医浪潮中，中国百家千家医院开。民营眼科发展尤为强劲，已诞生了两大全国品牌。其中，华厦眼科旗下有50多家医院，以成就"百年老院"、成为让国人尊敬的品牌为目标，投入了1.6亿多元做各类公益慈善，"光明行"的足迹不仅走遍神州大地，还频频跨出国门，享誉海内外。

"让穷人看得起病，绝不是一句空话。落在行动上，需要做出很大牺牲，包括利益、时间、精力——我们都得放下身段，走到群众中去筛查，到敬老院、上山下乡……而且要比别人做得更好，一以贯之，那种累，那种苦，全靠理想支撑！"葛定中继续慷慨陈词。

"有句话叫'吃苦是财富，安逸是地狱'。只有真正吃得了苦的人，才能在市场中站稳脚跟，拥有自己的一席之地。我在其他集团做了两年，又受苏总感召，甘愿做华厦旗下的连锁医院。"罗铭泉在二线城市经营医院，年纪越大越觉得赚良心钱，做清白人才最安心。

"2014年，我预备加入华厦后，有集团提出，多给我个人250万元，购并我们医院，我拒绝了。因为，我考察过总部厦门眼科中心，那是民营眼科最具规模的，是精锐之师！做百年老院、慈善清流，这与我办院方向一致，我没有犹豫选择了它。"黄旭喝了几口茶，将心中涌起的激动压住。

"250万元的诱惑，您就一点不动心？——在现实医疗环境下，坚持理想真的太难、太难了！其实，做慈善需要一定的经济实力。像您，十年艰苦，还欠下100万元，这换成谁，都难以背负。"罗铭泉感到他不为切身利益而盘算的可贵，却爱莫能助。

"我敢说大家都不是为了赚钱去创业的——"黄旭看看两人的表情，"作为中国善良优秀的医生，大家的感觉是相通的。曾经，在盈利和公益之间，我想寻求一种平衡。可是，来我们医院的患者大多不富裕，农民占绝大多数，我们只有降低费用，有时倒贴钱……我想，咱们是把创业当作一种人生的修行啊。"

"您这话说到我们心里了！——但医院得求生存，我们的原则是，不以营利为目的，不以亏本来经营。我们参照行业收费标准，从不坑骗，不过度医疗，利润也搞不上，而且眼科总收入中，90%都是刀尖上拼出来的——"葛院长若有所思，彼此都是拼命级的"大牛",都不会因为自身的利益而放弃原则。

"2015年的时候,我做了2500台手术,医院亏了10万元。每年我要完成3000多台手术,才能维持医院运转。一切都要靠自己,以技养医,要养员工,养设备,要付得起房租,没有任何外来的贴补……"面对同袍战友,黄旭吐出了不轻易表达的心声。

"利润这么薄!听说您那医院还捐了100多万元——这不把医院办成了慈善机构?"罗院长懂他是出于公心,着眼长远,关键是没有财政支持啊!

"比起自个儿赚钱,我更在乎怎么把医院建设得更好……我经常问自己,我们站在眼科手术治疗的前沿,全心投入事业,为什么医院却只够生存?那么,如何实现医院可持久发展?几年以后,还是这样一种苦撑状态吗?"黄旭从心里发出叩问。

他辛苦扬起医院的旗帜十年,他隐隐地感到,虽然自己保持奋斗姿态,让医院这艘船拥有轮船的引擎,但是在时代的波涛中,稍有不慎可能会沉没水中。

"香港和英国的民营医院,收费都很高,因为他们定位高端人群——而我们,心系百姓,优秀的资源是为大众服务,这没法比啊。讲真,你们适当地提高一些收费,在物价规定内,是很有作用的。按您说的,即使开源节流,也吃不住高成本。"

罗铭泉显出饱经世事的沉稳,他指出成本意识不是压低成本,而是让成本为患者受益服务。

这事很矛盾,他们投入高端设备,就是为了获得更好的治疗质量,让病人享受现代医学成果,这也是医生的职业追求。问题是,民众普遍更多地信任公立医院,你调整了收费,病人很可能会减少。

"现在流行一种说法，就是把医院比作一片土地，它可以种传统作物，也可以种经济作物。传统作物是正规的医疗服务，往往没有很好的利润。要想增加盈利，须得种植经济作物，如验光配镜、搞培训……"葛定中构想着开一家眼镜店。

"我所在的城市，这个说法是行不通的——病人主要是奔着我做手术而来，我就踏实做传统服务吧。"黄旭知晓，他只能挤掉虚的部分。

"在我们那边，如今医院越开越多。自我办医院后，周围20公里内，陆续开了两家，一家新成立的冠名'国际眼病医院'，又挂靠于市中心医院，让人以为是公立的。我向有关部门提出，他们才不理会——哎，我们成了夹在汉堡中的牛排！"

没有一个下海的院长没有不受伤的经历，罗院长抿了口云雾茶，内心焦苦。

"呃……这个经济挂帅的时代，酒香也怕巷子深啊。"黄旭认同，夹缝中寻路，让他们觉得有些沉重，有些茫然。

"追逐梦想就是追逐自己的厄运，满地都是六便士，他却抬头看见了月亮。"

诚然，追逐梦想是个克服重重困难、不得不忍受清贫的过程，但还是有人放弃一切，去找寻属于自己的月亮。

一时全都静了下来。葛定中提起水壶，往各人的杯中添水："有句话叫言不尽意，意不尽理，饮茶胜饮酒，咱们还是相对畅饮吧。"

忽然，手机响起，黄旭接听时只说了几句。

"发生了啥事？"

黄旭讲了个大概后，神色严谨地说："我们不怕苦累，不怕考验，就怕发生这种事。"

"这事儿在其他医院并不少见。兵来将挡，到时候总有解决的办法。"

黄旭略一沉吟，说起令他意难平的一件事：前年，有一个70岁老太太，糖尿病视网膜病变第六期，一只眼睛已瞎，另一只眼睛视网膜脱落了，几家医院都不收，找黄旭求治疗。为了留住最后一线光明，他与患者讲明利害，如果任之发展会失明，最终导致青光眼、眼球萎缩等严重后果。

老人的视网膜上新生了很多容易破裂的血管，他采用很多手术技巧，把这些新生的血管膜切除干净，复位视网膜，手术过程令人满意。然而由于眼底不好，术后视力没改善，她就不理解了，花了钱，走路还要人扶，心情急转直下，跟医生吵，还告到卫生局，不肯付欠款……后来眼内填充的硅油取出后，她可以独立行走，生活自理，才不闹了，还欠着费呢。

"真是好心倒做了驴肝肺。这手术难度很大，尤其是独眼，定要三思而行……而且病人觉得费用高，实际上赚不了钱，因为玻切头等植入类器械，都是供一个病人一次使用的，成本高昂……"罗院长心有戚戚地说。

又一次沉默无语。好像有个无形的东西压在他们的心上。没有苦尽甘来；相反，却要无辜受到波及。民营医院的生存发展，真是千难以后有万难。

医疗环境的凶险和未知，会让人思想变得灰暗。片刻的工夫，黄旭又扬起眉，黑眸里闪出一种因挫折而激出来的光芒，他要增加自己骨骼的硬度，担负那他人负担不了的风雨，寻求解决之道，抵挡住残酷的冲击……

第十八章
平地风波

　　林若英一路往西蹬着小蓝车,享受着金风吹拂的清爽,心中透着丝丝柔和的惬意。快到医院门口时,正好看到有温度的一幕:

　　护士方雪推着坐有 80 多岁阿婆的轮椅,司机走到阿婆身边,一手托住她脖子,一手托住她腿弯,使劲把老人抱起,可老人有点胖,司机似乎有些抱不动,方雪疾步上前托了一把,合力将老人稳稳地放在汽车后排。

　　林若英的第一反应是在心里为他们点了个赞!可随即一想,"不对,这位阿婆发生了啥情况?家属都去哪儿了?"

　　方雪上车,关上车门的瞬间,瞥见林若英,就冲她牵了牵嘴角,算是打过了招呼。司机开着车走了。

　　这情节让她联想起三年前,医疗队随车带来一位阿公,他双眼几乎看不见东西,要求做复明手术。谁知当晚他就说胸闷难受,医护人员赶紧将他送中心医院救治,最终没能挽回生命。

　　办完丧事,老人的儿子专门赶来医院,将医院为老人垫付的3000 多元费用悉数奉还,并表达谢意。那份淳朴特别动人,让医院上下看到了人性的温暖。

上到四楼住院区,几个护士和医生围在护士站,他们背对着林若英悄声议论着,谁都没注意到她走过来。

值班医生倪翔宇说:"家属要到中午才过来。我打电话通知她儿子,他一开口就责备,口气好凶,说在家好好的,做手术就出事,到底是怎么回事?他是那种很强势的人,跟他解释,真是鸡同鸭讲呀。"

谢国栋说:"我记得清,阿婆手术台下来没什么异常,那个阶梯凳子,护士扶着她胳膊,她能踩着走下,怎么到晚上就……疑似脑中风呢?"

"这没什么好奇怪的!脑中风发病常常很突然,不一定有诱发因素。问题是,这病恰巧发生在手术后,很容易让人误会是手术导致的——"张巧娟有内科工作经验,昨晚她特意赶来给阿婆诊查。

谢国栋苦叹:"患者没有早一天,也没有迟一天,偏偏赶在我们医院发病,家属要是赖在我们身上……看来手术做得一流、做事小心翼翼也得出事!谁也不知道意外藏在哪个角落!"

护士小韩说:"秋凡受委屈了。她将阿婆跌倒之事报告了护士长,护士长说她护理欠主动,没提前帮助阿婆下床,要取消她今年的评优资格!你们说说看,病人不摁电铃,叫护士随时跟着病人呀?——这事谁碰上谁倒霉。"

护士小夏说:"我们这里许多老人没家属陪同,这有赖于院长技术好,没并发症。其实,老年人做手术,哪有子女不照应呢,万一有个意外发生,子女们就不愧疚吗?"

倪翔宇一抬头看见林若英,讶然招呼:"林老师——"

林若英扫了他们一眼,脸上表情不变:"你们说的可是刚才被护送出去的阿婆,她情况怎么样?"

"就目前的临床表现推断,阿婆可能是脑梗塞早期。可是,有些脑中风病人看似症状不严重,如果恶化起来是相当迅速的,我们只有真心祈祷阿婆尽快好起来!"张巧娟白皙的脸变得严肃起来。

林若英心内凝重,眼科病人年龄普遍高,只要出了一个意外,就可能给医院带来不堪承受之重击。

看看大家像是面临灾难的表情,林若英说:"各位,这两天院长不在,你们一定要把好每个岗位,及早发现隐患苗头,防范这类事发生!"

所有人点头应声,各自忙活去了。

瞧她郑重思忖的神情,张医生说:"就在上个月,一位阿婆说左手发麻,我仔细检查询问,怀疑她是脑中风前兆,就联系家属把她送回去治疗了,幸好在手术前发现了。"

林若英接着便道:"很好,就要这样细心排除隐患,才能保障安全。"

趁着丈夫不在来医院转转,她沿楼层上下巡查了一遍,各位值班人员认真在岗,她先前挑过刺的食堂管理,也没什么可挑了。然而,一种深深的忧虑和无力感赶也赶不走。

从黄旭选择创业的那一天开始,就意味着选择了一种风险极高的事业。为了给患者营造安全的港湾,他每日耗尽身心的电池,月复一月,年复一年,诚信无欺,凡事做到最好,但是有些病人家属不领情,有些人也会不领情……

一股无法说出口的苦味儿从心底弥散。她踱出医院的大门,一路往附近公园走，她已养成在美景中舒缓心情的习惯。

天澄气清，缥缈又恍惚，记忆里的场景犹然深刻。丈夫为了追求心之所向，不惜背负巨额债务。办眼科医院不比做其他行业，从市场拿钱，按劳分配赚钱快；就报酬和付出相比，两者严重失衡，她甚至怀疑起创业的意义。

好长一段时期，林若英让经济压力压得喘不过气来，但她看到他没日没夜的拼劲，看到他值得被信任依赖的实力，自己当初所钟情的，不正是这样一个不向现实屈服的男人吗？每每遥想那些冰魂雪魄的岁月，她就不断告诉自己，只有熬过去才会慢慢地好起来。

多年来他的付出，外人是难以想象的，也不会相信有人能做到这么无私。外界那些纠葛看起来动摇不了他，但她能与他共情，常常感觉到他有些莫名的烦忧。

她拿自己的薪水为家庭设置最低消费，面对各种繁华和诱惑，学着淡泊简朴地生活。依照丈夫的品行，即便是穷顿，也要保留高贵的人生态度，不以自己的人格去获得额外利益，不输掉自己的气节。

林若英的看法比以前开放了许多，并逐渐改变了生活方式。有些周末晚上，她会跟员工一起听丈夫或外请专家讲课，有时她会随服务队参加各种公益活动，有时她把三尺讲台延伸进社区，宣传普及眼健康知识，领受公众的好评。

服务队用汩汩的善意温暖着这个城市，她也愿意奉献自己的一点热情，没有报酬，不用回报，做有利于百姓的事，从中体会到价值和快乐，充实自己的人生。

医院渐渐做出了名声和口碑，直到十年后的现在，七拼八凑的债务才还清，除了 100 万元的借款未还。

走累了，林若英便坐在广场的椅子上，心想或许开办医院的意义在于：为民众做更优的医疗，对社会的贡献更大，个人的技术才能和社会效益也能发挥至最大……然而，总有些时刻会不被理解——不过，对有些事儿保持钝感，做到问心无愧就好。

月光柔柔地洒向大地，清风徐徐地拂来，像温情的抚慰，又像低低的勉励，让人得到身心的放松和休憩。黄旭静静地坐在阳台上，他那像月亮一样平静的心，注定要受到医患纠纷的惊扰和侵凌。

"爸，你是不是遇到什么难缠的事儿了？"儿子黄峰洋看出父亲的神色有点儿不对，关切地问。

儿子懂得父亲肩上那重荷的分量！他虽然担着整个医院的运转，却总是一副十拿九稳、坚不可摧的样子，从没有在自己面前展露过担忧丧气的一面。

他以前总觉得，没有什么问题是父亲凭着斗志和真诚不能解决的。

黄峰洋从小受父亲的熏陶，对医学和文学比较感兴趣，去年从一所知名的医科大学毕业后，以优异成绩考入岱江人民医院。他也立志做个好医生，要在岗位上淬炼出属于自己的精彩，他把工作和生活协调得很好。

父亲为医院宵衣旰食，被工作抽掉了所有的精力，几乎没有业余生活，黄峰洋说是不划算的付出，看着心疼却帮不上忙。一家三口，除了春节自驾游出去两三天，其余的休息日想都别想。

"是一起说不清的医疗纠纷。"黄旭与儿子有时零星地谈些医学和工作方面的问题,这当儿,妻子还在公园,他便说了这事儿——

真是来者不善啊。这是一个五六十岁的汉子,身穿黑灰条纹T恤、黑色运动裤,身形壮实,脸上有横肉,看起来非常不好惹——他是杨阿婆的大儿子,带了几个人来"讨说法"。

品牌部经理邹树波将他们带到会议室,请他们坐下,给每人倒了杯热水,说起阿婆在医院治疗,医护人员待她如家人等情况。

"阿婆是在手术三小时后发病的,当晚我们劝说阿婆去做CT,她说啥也不肯去,说自己只是左腿没劲儿,睡一觉就没事了。次日早晨我们好歹说服阿婆,送她去中心医院,诊断是脑梗塞,我们便帮她办好住院。"

"那是不是手术问题?做手术把她做成这样……"

"这是两回事儿。CT报告显示的是她早先就有毛病……"

"你们都是一伙的,谁信!"

双方各持己见,不肯相让。

突然,老人一手抓起面前的水杯朝邹树波脸上泼去,邹树波机灵地跳了起来,水泼到了他衣服上。

"你这人怎么这样不讲理?"邹树波怒道。遭泼水侮辱,真是头一遭。

"解释再多也白搭,你们还是去医调委吧!"

老大练过武术,有一种气势汹汹的派头。他不但找镇村干部及县人大代表说事儿,又叫了三四个人,带着铺盖前来医院门诊大厅,高嗓大叫,施压威胁,间或掀翻座椅,砸碎水杯,并利用患者等候挂号时做反面宣传，连续三天了，影响非常糟糕……

"阿婆经过一系列的治疗，目前病情稳定住了，但据主治医生说，阿婆查出患有冠心病——哎，但愿明天医调委能一次性化解；否则，万一病人再在住院中冠心病发作，恐怕更洗不清了！"

五官科医院没有投保医疗责任险。这种保险虽然给院方和医务人员承担风险，但是在操作过程中难免有"给钱算数"的做法。黄旭反感这种做法，他觉得应该分清责任，不能掩盖矛盾，不能给钱算数，再者这是一笔不菲的开支。

没有保险，就意味着更加严格的风险控制，更需履行好医务人员的责任，幸好这些年医院并未发生大的医疗纠纷。

一声长长的叹息。黄旭内心的罅隙里萌生出一种不安全感。尽管他一直狠抓医疗安全，在手术中充满防范，但是，在他们看不见的某个环节，还是生生地出现了状况，与医疗纠纷撞了个满怀。

因为现在年龄越大的患者，往往合并症越多，如高血压、心脏病等基础性疾病，谁也无法预知哪个时刻会引发潜在危险。真的是很难对付、很让人心凉的矛盾啊！

黄峰洋感受到父亲心中泛动的波澜，医疗纠纷让稳重如泰山的父亲沮丧到极点。是啊，民营医院没有后盾，这一极小概率事件万一发生——他就听闻过有一老年病人，在门诊手术后突发脑动脉瘤破裂出血，病人住在重症监护病房一年余，家属不给交住院费用——这是多么令人悚颤的案例啊！

他不忍往最坏的方向去想，他感到一种可怕的压迫。他越发感觉，父亲仿佛是在这个时代的钢丝上行走，步步难行，处处危险，要做到随时随刻万分小心，才不会跌落谷底。这份耐心、这种重压真不是我辈可以承受的。

为了舒缓压得慌的气氛，黄峰洋进屋搬出折叠椅，让父亲半躺在椅子上。

黄旭讲起发生在一所眼科医院的真实事件：

一个老人被接去做白内障手术，翌日独自回家，他一边喊、一边进家门："手术很成功，我又看得见了！"他拉着老伴、儿子的手，孩子般兴奋。然而，意想不到的事情发生了！老人正说着话，突然捂住胸口，踉跄倒地，不省人事。家人被惊傻了，急忙把他送到医院，却没能抢救过来。

"假如换一个地点、时间，如果患者是在医院、在路上，如果他提前一个小时心梗发作，如果他没来得及和家人说话……那么家人在不知情的情况下，很可能会引起一场纠纷。"黄旭从反面举了几个假设，得出结论。

"真是无独有偶，我也听到过这么类似的'好运'——一个老太太在女儿的陪伴下来到针灸科，请一位专家打针灸，专家洗了把手，拿出银针，就在这当儿，老太太突发不适，径直扑通倒在了地上，医生和家属慌忙将她送往急诊科，最后没有抢救回来。事后这位专家后怕道：就差那两分钟啊！倘若患者恰好在扎针时发病，那后果……"

世上有碰巧的事，可碰巧到这种程度的好运气，那可是寥若晨星。医海生涯中，不如人意之事太多，谁敢保证不会遭遇意外、凶险呢？

黄旭回忆起他曾参与鉴定的一个案例——

一个年过花甲的妇人，黄斑前膜术后失明，请省内知名专家做的手术。黄旭被抽取为专家鉴定组成员，经检查，患者黄斑前的那层薄膜，被剥除得干净妥当，手术算是成功的。可是为什么会失明呢？

他们三位专家分析认为：因为患者长年高血压糖尿病，引起眼底细小的血管狭窄、硬化，进而阻塞造成严重的视力丧失。

"这个病例告诉我们，由于潜在的眼底病变，即使手术成功，也不一定重现——"随着听到啪嗒一响的关门声，谈话便戛然而止。

近年在春夏秋季节，晚餐后做好家务，去公园溜达一圈，成为林若英淳朴生活中的必需品。刚进门，她就发现家中的气氛与往常不同。平时自己散步回来，丈夫要么还未回家，要么刚吃过面条，像今晚父子俩沐浴晚风，不知多久没有过。

"爷儿俩促膝谈心些啥？怎么不让我听听？"林若英问。

"我们聊些有关医疗意外——"黄峰洋看看默默的父亲，欲说又止。

"哦，那位阿婆的病情该稳住了吧？医护人员待她这么贴心，莫非家属要……"不愧是老师，她把"找麻烦"等字眼咽了回去。她相信大多数农村人是纯朴善良的，但也不盲目相信。

"其实，这几天我都在查阅怎么解决医疗纠纷，看过好几篇报道，心里有了个底，对照那位阿婆的发病，医护人员已经尽到责任，直觉医院没有过错，医调委会公正解决的。"经过这些天的关注，林若英梳理出了自己的见解。

看着父子俩沉思的表情，她颇为豪气地说："我们都应该放下心中的包袱，相信吧，'正义'和'慈悲'之神会护佑我们前行的！"

父子俩忍不住笑了，人是应该有一份浪漫情怀的。

黄旭感激地望向妻子,放松状态下难掩疲惫的他,不愿与她谈医院里的事,因为他不愿将工作重量加于妻子身上,可她却一直默默地帮助、支持、成全自己,让自己少些顾虑不安,多些淡定沉着。

百余平方米的房子,她总是打理得充满诗意,楼板茶几擦得干干净净,简单质朴也一样能活出生活最好的状态。她是这个家的灵魂,是家庭温暖的源泉。

第十九章
医调委

一间不大不小的调解室，长方形桌子正面中央坐着岱江区医调委负责人缪宏伟、调解员穆阳明，其左侧依次坐着患者的三个儿子高孟德、高孟福、高孟清，右侧坐着五官科医院聘请的律师顾问蔡胜源，五官科医院副主任医师姚杰、品牌部经理邹树波。

下午2点整一到，缪宏伟立刻站了起来。

"现在，我们进行医患双方'面对面'沟通、协商，我们承诺，作为第三方组织，我们本着公平公正的原则，客观公正地化解矛盾，不偏袒任何一方。下面，由院方陈述患者杨莲凤在海州五官科医院诊疗的经过。"

"患者杨莲凤，女，85岁，因视力下降二十余年要求做白内障手术收入院……"姚杰详细陈述了患者在五官科医院检查、手术成功后步行回病房，起床摔倒在地，医护人员积极处理并护送她去市中心医院接受治疗的经过。

高孟德紧绷着脸，用鼻孔哼了一声，说："我们怎么知道手术成功否？据我娘说，她手术后没有像别人说的眼睛很亮。"

姚大夫微微笑道："您说到点子上了！经检查，您母亲不但患有白内障，还患有慢性闭角型青光眼，她自己偶尔感觉眼胀，其余无明显不适；正因为这样，在她没有察觉前，已经出现了视神经破坏。为帮助她彻底治疗，黄院长给她做了这两种眼病的联合手术，这类手术需要丰富的技巧。次日我给阿婆检查过，她眼睛没有发红、痛感，没有角膜水肿，手术是成功的。"

姚大夫60岁了，看上去像50岁，脸型方正，温文儒雅，他讲科普一样娓娓道来，顿了顿，进一步解释："阿婆看东西会比以前清楚，但因为视神经破坏是不可逆的，所以她视力恢复不如别人。"

高孟福盯住姚杰的脸，疑惑的目光如刀刺来，反驳道："你们医生都说得一套一套的，说来说去都是帮自己医院。"

姚杰神色坦然地迎着他的目光："您已经复印了阿婆住院的病历，它就是证据，可以证明我们整个流程的处理是否正规。"他知晓，患方复印病历时居然怀疑它的真实性，当场被品牌部牟锡华有理有据地驳斥。

"那，请问专家，您看这病历有问题吗？"老三高孟清是老实巴交的农民，他直直地看向正在审阅病历的穆阳明。

"我咨询过相关专家，仔细解读了病历的内容和疑点。"两鬓飞霜的穆阳明翻开笔记本，提取摘录下的要点说："专家认为，患者手术前后不打吊瓶，只滴眼药，眼睛没有发生感染等并发症，这说明手术应该没问题……患者摔倒后记录血压152、87，化验血脂偏高，由于拒绝做CT，内科医生根据临床经验，给予阿司匹林抗血小板凝集……这些处置到位。"

"你们都说没问题，那会不会是手术刺激我娘脑中风发作？如果不做手术，她就不会中风了吧？"高孟福睨着调解员，提高声音问。

提问够专业，比较容易让人置信。老二常年在外做生意，为了此次的调解、谈判，昨日刚赶回。

邹树波闻言，不得不说："我们黄院长有36000例成功手术经验，他的名声都传到了省外。为了医院的品牌长久延续，他倾尽所能给病人最好的手术。他说过，他做的每一例手术都像灯塔，给患者带去真实的光明。因此，黄院长主刀的手术您尽管放心。"

沉默少顷后，姚杰缓缓道："我要申明一点，发展到后期的慢性青光眼，损害严重，多需要手术。阿婆此番手术，没有禁食，不打针，用眼药水麻醉，她没有不适反应，半小时手术娴熟流利，损伤小无出血，不用止血药。再说，阿婆是在手术三个小时后发病的，这种突发是任何人都预料不到的啊！"

他轻咳一声，稳重地说："鉴于以上种种，我个人认为，患者发生脑中风应该与其自身因素有关，与手术并没有直接的关系。"

话音未落，高孟德一脸怒气拍在桌子上，站起来语气强势地说："怎么会没有关系？合着说来说去，你们都有理，不就是为医院推责任？就我娘该摔倒、该中风是吧？"他虽然年近花甲，但声音洪亮，震人心肺。

高孟福更进一层问："医院为什么会让我娘摔倒呢？护士都不管病人的吗？"

邹树波无奈叹气："对于阿婆摔倒事件，我们表示抱歉。医院三令五申，务必对年龄较大的患者多加注意，防止跌倒事件，有措施，有记录。护士关照过阿婆，起床前呼叫护士，可阿婆自个儿就下床，有时防不胜防！当场我们做好安抚，进行检查，护士协助她大小便，所幸阿婆没有外伤——"

"院方在术前已经履行了手术风险告知义务。"穆阳明指着一行字递给缪宏伟。

缪宏伟戴上老花眼镜，仔细看了起来，他又翻到预防跌倒记录，底下是患者摁的指印。

一直在静观事情状态的蔡胜源律师发声了，他不缓不急地宣读了《侵权责任法》第58条规定，然后总结："根据医患双方提供的材料及现场陈述，五官科医院在对患者杨莲凤整个诊疗过程中，遵守规范、程序，没有存在医疗过失行为。"

他停了会儿，不管三双眼睛像步枪的枪口对准自己，继续表达观点："我个人支持姚大夫的见解，患者突发脑梗不是由于医源性因素造成的。也就是说，手术与患者发生脑梗之间并没有一定的因果关系。对于病人住院摔倒，护士已履行告知义务，事后积极送其医治，尽到了补救责任。"

医调委的介入，为缓冲医患对立提供了理性对话的平台。缪宏伟和穆阳明分别有从事法律、医疗方面的工作经验，他们以中立的态度向三个兄弟分析原由，说服疏导，平抚情绪，将他们从"轴"的想法引到合法、科学的轨道上来。

患方原先认为患者脑梗与手术有关，为此向医院索赔5万元。院方律师蔡胜源称院方并不存在责任问题，不予赔偿。

最后，在分清责任的前提下，把政府的善举落到实处，调解人员商定让医院给患方3000元，作为补助照顾，双方共同签署了调解协议书。

之后，倪翔宇医生代表医院去探望老人杨莲凤，给她检查眼睛，赠送眼药，阿婆连称感谢。她出院后，邹树波接到电话，得知尚未结账，便去缴清所有住院费用。

第二十章
宿　命

"据片子上来看，是颈椎间盘突出，压迫了支配右手拇指、食指的神经根，导致您出现麻木等症状。"

黄旭终于抽出半个下午，来到阔别十年的岱江人民医院，照了磁共振，拿了片子给郎主任看。

郎主任触诊了黄旭僵硬的颈部肌肉："再这样压迫下去，神经功能可能会受到更大的影响……"

"郎医生——郎医生——"隔间里的男孩很熟稔地叫道。他等着郎主任独到的正骨手法。郎主任另辟蹊径，开创了抽动症患者特有的治疗方法，一时无两，求治者每天人满为患。

"稍等一下。"郎主任把药录入电脑，"您先去买家用的颈椎牵引器，自己在家做牵引。回头我给您扎针灸，缓解些症状。"

"好，我再去做个检查回来。"黄旭应道。

何彦采访后撰写了一篇报道，刊登在商报上后，医院迎来了一波各种眼病的手术高潮。黄旭扛过了这段时间，感觉颈背疼痛，右前臂酸麻越来越厉害，尤其是右拇指和食指，越发无力，麻痹发软。

黄旭去做了肌电图，结果右拇指和食指的肌力，竟然降至正常功能的20%！这水平的肌力连完成正常的动作都困难！而台上所有稳定的手法，都凭靠这两根手指凝聚精细的动作。

郎主任热心为黄旭施针，小小针尖扎进穴位，酸胀麻痛的针感向手部发散，温热通络，关节舒适多了。

"海州针灸学会会长的光环，名副其实！"黄旭笑道。

"十天一个疗程，给您打通颈肩右手'互联网'——"郎主任风趣地说。

"谢谢，都忙不过来，下午好不容易来这儿一趟。"黄旭听他的，选择保守治疗。他注意到，郎主任合身的白大褂里，戴着腰围，用特殊的手法给患者做整脊治疗。

彼此都是对病人很负责任、很有医德、技术逸群的医生，用自己丰盈的生命耕耘医海，吃苦耐劳、抛洒热情是他们这个职业的标帜，宁愿透支健康，也不辜负使命，义无反顾地走在奉献之路上。

他颇感无力地承认，这么多年来，他们都只顾着特别用力地工作赶路，蓦然回首，才惊觉已是沧海桑田，年华不再，自己的体格、精力相比几年前明显差了一大截。

"或许，这就是现实中做一名好医生的宿命吧。"没来由地，他肺腑间笼起一阵如烟的怅惘和萧索，尤其鲜明，尤其刺心。

"除人类之病痛，助健康之完美，维护医术的圣洁和荣誉……"希波克拉底誓言飘进了黄旭耳中。倏忽，他心底又涌起一股深沉的豪迈：我与当年不无两样，没被世俗利禄蒙住了心，选择了最难走的理想之路，遵从内心原则，永远做最真实的自己。

他告诉自己："我像自己期望的那样奋斗了，拼过了，发挥到极限了,心里已了无遗憾,觉得人生没有白过。"这一切所带给灵魂的富足和格局的宽阔,是豪奢的物质给不了的,虽然他过不起豪华的生活。

这么多年来,不就是这样竭尽全力下来的吗!他搓了一下拇指和食指,这一点点肌力加上旁边的中指抵住的力量,还能细微操作,因为显微手术无须下力气。今后,他更要咬紧一点牙,在无可如何之中不至于丢失了信念和意志力。

十年前,他也是站在门诊楼前的这棵樟树下,把关乎这家医院的全部记忆收藏起来。现在,他的目光逡巡在参差的大楼间,眼前的风景不一样了,原先那幢眼科门诊所在的老房子,已矗起七层新楼,与十六层综合楼相毗连。刹那间,他想去看看诸多同事,可一转念,都说相见不如怀念,见了徒增伤感,一切都回不去了,还是各自安好吧!

他眼神有些黯淡,默默走出医院的大门,当年自己挥一挥衣袖地"出走",为梦想执着追求,挑梁创立了海州五官科医院,为民营医院行稳致远的发展树立了一个样本。荆棘岁月,亦可流金。

如今,隔着跨不过去的岁月之河,溯游而上,十几年前的人生旅程都凝结成一首首动人的乐章,或悠远或激昂或清新,一幕幕质朴奋发的场景,一段段珍贵感人的记忆,或惨恻或深情或热烈,交织在眼前回放,恍如隔世,又清晰如昨日……

时间倒回至 2007 年 3 月 5 日凌晨 2 点,夜幕深沉,万籁俱寂,整个岱江城沉浸在酣梦中,街边的路灯照射着清冷的街道,一切显得那么静谧安然。然而,在这幽静的夜晚,正悄悄地孕育着一种不安宁的因子。

在岱江城区的中心,人民医院一栋外科楼里的五楼病房,护士祁雪梅正要往病房走,迎面走来一个身材魁梧穿黑色外套的中年男子,他粗声粗气地说:"护士,把医生给我叫来!我要看眼病。"

祁雪梅答应一声,走到走廊的另一端叩门:"蓝海,有急诊病人!"然后就去巡视病房。

蓝海穿上白大褂,走过空荡的过道,走廊里只站着一个男人,看着不像有急症的样子,他空着手,桌上没放病历,蓝海便问:"您是来看病吗?请问挂号了吗?"对方回答:"没有。"

"请您先去挂个号,再来看病吧。"蓝海告诉他,这是正常的就诊程序。那人的脸呱嗒一下沉了下来,有些生气地去急诊门口挂号去了。

蓝海带那个男人进入检查室,端坐在诊桌边,示意他坐对面。裂隙灯显微镜下,他仔细检查了病人的眼睛,"你眼结膜有炎症,点一些消炎的眼药水就可以了。"

不知怎么地,心直口快的他随口说了句:"这普通的眼病怎么白天不看,等到深夜来看呢?"

这个叫徐恒的病人眼珠子一横,凶悍地说:"我想什么时候来就什么时候来,你这医生态度真差!"他喷出的话里带着酒气。

其实,此时蓝海应该避而远之。但他涉世未深缺少社会阅历,觉得自己没有一点错,就理直气壮地回了句:"我认真给你看病,哪点态度不好了?"

万万没想到,他不会绕弯的性子却给自己招来横祸。紧接着,令人意想不到的事情发生了:

徐恒手指着蓝海的鼻子一边骂着脏话，一边冲他的面部就是一拳，没有任何防备的蓝海被打得鼻子当即流血，疼痛难忍。此时，已被打蒙的蓝海用手拂开徐恒想走出诊室，孰料，徐恒伸脚朝他的膝盖猛踹了过去，将蓝海踹倒在地，继而上前用脚狠踢他的腰部和头部。可怜的蓝海除了用双手抱住头部以保护自己外，没有还手之力……

祁雪梅听到响声，循声来看，惊见这惨痛一幕——蓝海如兔子般抱头蜷缩在地上，"病人"还在用脚踢他腰部！第一秒她被吓愣住了，但是下一秒，她立刻跑向走廊大喊：

"快来人啊！打人啦——打人啦——"惊慌的喊声刺破了整个病区的宁静。

此时，那人的邪火已经发泄得差不多了，他抓过病历就要溜走，被闻讯赶来的病人家属围堵在了走廊里。人群中有人喊："快打医院安保科电话！"有人用手机拨打110报警……

岱江人民医院是一家三级乙等综合性公立医院，三栋高楼巍然耸立，气势非凡，周围树木、花草郁郁葱葱，香飘四季。整座医院翘首在岱江城区的中心，承载着一座城市的医疗护理、保健康复等服务。

当清晨的阳光洒满岱江大地时，医院的景色是清新迷人的。在阳光灿烂的氛围中，医护人员又开始了新一天的忙碌工作。

五楼眼科病区里，十几位医护人员围在医生办公室进行晨会交班。祁雪梅报告夜班患者情况后，含泪陈说了蓝海被无辜殴打的情形，办公室内瞬间炸开了锅！大家纷纷谴责"行凶者"的暴行，莫不义愤填膺，恨之入骨。

眼科主任吴可峰眉头紧锁，他指示所有人："大家抽空去看看他——"

黄旭点了点头，脸上充满不可抑止的愤然之色："我们对暴力零容忍！要求医院为受害者维权，捍卫医生尊严——"

蓝海是他器重的爱徒，是眼科唯一的硕士生，平素勤奋钻研，工作认真负责，为人正直，个性率真，这么有为的年轻医生惨遭毒打，让人领教拳脚的霸道无敌，其残酷的程度，接近弱肉强食的丛林法则！

不能因为这事就中止手头的工作，黄旭强压住怒火。本来是蓝海给他做助手，这段时间只能把崔月莹培养成助手了。

查完房，他和崔月莹往手术室走，今天又安排了四台有难度的，有外伤性白内障超声乳化联合人工晶体植入术、小梁切除联合白内障摘除人工晶体植入术、翼状胬肉逆向切除联合羊膜移植术、泪囊鼻腔吻合术，病患的眼睛高于一切，他不容许自己有丝毫的分心和失误。

黄旭从端坐在高脚手术凳子上的那一刻起，职业精神已惯性地使他忘掉身外世界，一心一意进入手术状态。"阿公，我们开始了，眼睛不要动哦！"

这时，病人的右眼处于表面麻醉，他在眼球的左下方轻微地划开小切口，将透明的角膜与棕色的虹膜分离，粘弹剂注入前房……

经过医疗仪器检查及相关科室医生会诊，蓝海被诊断为：鼻骨骨折、脑震荡、腰部及全身多处软组织挫伤、肾挫伤，入住综合楼六楼的骨科病房里治疗。

从凌晨2点15分到下午，遭毒打，做笔录，打吊针，受慰问……蓝海仿佛做了一场噩梦，他的心里不啻于发生十级地震。

守望光明

　　终于，病房安静下来了，妻子张倩替他张罗晚饭去了，他静默地躺在病床上，他觉得他正承受着生平未曾有过的最大剧痛！十几个小时来发生的一幕幕自动地跳回脑海里，他感到好像有一把利刃在搅动他的心脏，又像有无数利爪撕扯着他的胸膛，他的脏腑在一滴一滴无声地泣血……

　　黄旭处置好病人，已经临下班了。他匆匆赶往骨科36号病床，一眼瞥见仰躺在病床，鼻子和面部浮肿青紫的蓝海。蓝海瞧见自己敬爱的老师，勉力想支起身来，却痛得龇牙咧嘴。

　　黄旭抢上前扶他躺好，心疼地看着他。四目交汇的瞬间，蓝海浑身开始颤抖起来，牙齿咬得咯咯作响，他复杂的眼神里，郁愤、冤屈、痛楚、无奈不断地交织着。

　　素来温雅的黄旭，眼里迸射出愤怒的火花，他颤声说："真让你受屈了！——"

　　蓝海向着这苛刻的世界，发出质问："我做错了什么吗？没有。我只是按正常程序来……这世道怎么了？为什么我们只有挨打的份儿？——想起来就觉得这是世上最耻辱的事！"

　　"这是对医生人格尊严的严重践踏！"黄旭攥紧拳头，指甲嵌进手心里，恨不能拎着那浑蛋狠揍一顿，替挚友出一口恶气……继之他内心升起一阵刺鼻的辛酸，难过地说："社会给我们上了残忍的一课，这些社会人渣、混混儿，咱们永远无法抵抗他们的暴力！"

　　给别人看病自己却被打成重伤病人，是怎样凌厉地刺痛医生的心！难道医生就该一声不出地无辜地受暴力霸凌吗？暴徒的恶行造成受害者心灵的创痕，是时间可以抹平泯灭的吗？

　　黄旭咨询过该怎样走法律程序，他宽解蓝海说："医务人员在工作期间被揍伤，医闹案例还少吗？这种恶劣事件发生在你身上，你冤屈滔天、恨压华山有何用？现在唯一能做的是拿起法律武器，要求追究肇事者责任，愿后续处理能为你洗刷点屈辱……"

"这不仅是刻在你身体的耻辱，而且是刻在所有医务人员骨子里的耻辱、悲哀、心酸和无奈！"黄旭痛心而掷地有声地说。

这时，张倩手提保温盒子，悄然凝重地站立他们身后，蓝海脸上的表情柔和了些许。

第二十一章
创 新

　　四月天的一个傍晚时分，奔波了一天的太阳靠近了地平线，放射出瑰丽的光芒，缤纷的晚霞变幻着绰约的舞姿，乡村的田野镀上了一层金色，温柔的晚风拂过青青的稻田，青蛙在田地间呱呱鸣叫，红蜻蜓在油菜花上盘旋……春天里的黄昏美丽如画。

　　一群孩子追逐嬉戏在乡间小路房前屋后，肆意的笑声吸引出一个穿红色毛衣的小女孩，她一头乌黑的短发下，一双黑葡萄般的大眼睛尤其精灵可爱，她效仿着大孩子们在外婆家的房前空地上撒欢儿，一边高兴地叫一边趔趄地跑着。

　　不一会，妈妈从房间里出来，小女孩兴奋地朝着她跑去，"妈妈——"忽然，在水泥台阶前小女孩猛地向前摔去，凑巧撞击到台阶的棱角上，一阵剧痛顿时使小女孩发出撕心裂肺的哭声……

　　意外，往往发生在不经意的一瞬间。一刹那，小女孩的妈妈措手不及，等她赶快抱起宝宝时，只见宝宝的左眼已经流血不止，随即一声尖厉的喊叫："啊！——"

　　闻声跑出来的宝宝爸爸、舅舅、舅妈、外公等围着一瞧，惊见宝宝的左下眼皮内侧裂开一道口子，皮肉破口外翻，鲜血流在粉雕玉琢的脸上显得触目惊心，更揪心的是，宝宝还大声哭喊着："痛！眼痛——"

舅舅直奔最近的超市买来了创口贴，粘住宝宝的伤口。家人慌忙帮妈妈收拾些东西，妈妈抱紧宝宝安抚着坐进车后座，外婆、外公、舅舅跟着上了车，爸爸发动引擎，快速驶向20里外的县人民医院。

"孩子眼睛内部没有明显损伤，但是泪小管被撞断了。通俗地说，就是眼睛的'下水道'断裂了，必须手术治疗。如果不做手术，那么将会导致永久性泪流不止，影响孩子视觉和生活质量……"

一位40岁左右、长方脸大眼睛的美女眼科医生接诊了小女孩，在裂隙灯下认真检查后，温婉地告诉惊慌的家属。她给孩子行泪道冲洗，证实是泪小管断裂。

泪小管是泪道系统的重要组成部分，它上下各一条，分别位于上下眼睑靠近鼻侧的皮下，此部位解剖薄弱，在眼外伤急诊中并不少见，需要尽早手术接通。

美女医生给女孩做了基础消毒处理，"不要耽误，马上转岱江人民医院眼科，那里对于她这个能做很好的治疗。"她把这个烫手山芋扔给了岱江人民医院。

泪小管吻合手术是眼科的一个小分支，虽然部位细小，但手术难度大，尤其是年仅2周岁零4个月的小孩。

家人急得火烧眉毛，一路风驰电掣，奔赴岱江人民医院……

霓虹灯编织华丽的夜晚，这个城市有的人在灯红酒绿珠歌翠舞，有的人在觥筹交错吆五喝六，有的人却守着自己宁静的世界，不辜负难得的安详时光。

一扇淡绿色百叶窗遮住了外面的世界，左方墙侧的书柜里，摆满了各类医学眼科学书籍、期刊，他如海绵般汲取其中的营养，追踪各领域的前沿知识，探索国内外学术精要，并对其加以实操，让生命的原野再现新绿。

他给予自己的无非是一间小小的书房。正看得入神，忽然，一阵手机铃声打破了安谧的气氛，他看了一眼，马上接听。

"黄老师，有一位2周岁多的小女孩，左下泪小管断裂，左下眼睑全层裂伤，因为下午5点多吃过晚饭，要到深夜11点后才可以上全麻，考虑到麻醉风险，想安排明日接台手术，可明天的平诊手术已经排满，而且家属特别紧张——"值班医生姜瑞祺汇报。

"立即做好术前准备，通知麻醉科、手术室做好相关准备，我马上从家里赶来。"

已经过了9点，儿子黄峰洋在海州第一中学读高中，上晚自习还没有回来。妻子林若英窝在客厅悠闲地看着电视，习惯性地把音量开得很小，以免打扰到丈夫。

"若英，我去趟医院，有急诊手术。"他说完就匆匆出门。

"怎么老是叫你手术，其他医生呢？"若英憋不住不满的情绪。

打开房门，推出自行车，黄旭蹬向熟悉的长长的马路。像这样大晚上骑着自行车跑医院，早已是他的工作常态。自被提拔为眼科副主任以来，他只身带着两个医疗组的年轻住院医生，他们值班时遇到困难的手术就呼叫他出马，无论寒冷深夜还是刮风下雨，他都"招之即来"，当仁不让。

差不多与此同时，麻醉医生叶颖也骑着自行车往医院赶。他们值班六天一轮，中间还有一个二线班。如果夜间同时开两台大手术，值班麻醉师应对不过来时，就要呼叫二线班。今晚值班的小汪工作不到三年，虽然能独立完成许多操作，但对小儿麻醉尚缺乏经验，所以呼叫二线班医生，他们加班加点也是家常便饭。

叶颖于1993年从一家二级医院借用，而后调入这里，扎根在麻醉岗位，曾外出进修学习，提高了麻醉技术，多年的历练积累了丰富的麻醉管理经验。

她无官无衔，生活单纯，恪尽职守，十八年来都是这样奔忙，甘愿做陪衬红花的绿叶，做无数台成功手术的幕后英雄。每次当危急重症的病人顺利完成手术时，她心里就会油然而生一种欣慰感和自豪感，自己又护航挽救了一个病人的生命。

为2周多的小儿上全麻，对叶颖来说也是一次考验。因为全麻药品对中枢神经系统、呼吸系统均有明显的抑制作用，而小儿各系统功能还没有发育完全，出现麻醉意外和并发症的概率更高。

据文献报道，虽然目前小儿围手术期管理日益完善，但呼吸不良事件在患儿麻醉中发生率仍高达53%，是并发症发生的主要原因之一。

"这位是我们医院资深的麻醉师，叶医生，她也是特意从家里赶来，负责赵雯的麻醉。"黄旭正比画着手势讲解，转头一眼瞥见叶颖，便向家属介绍。

"叶医生，请问小孩打全麻安全吗？听人说这有风险……"爸爸赵鑫不失时机地追问。

"作为一个医生，谁也不会说保证安全的话，只能说尽力保证安全。"叶颖的回答很好地展现了自身的职业素养。"我就是专门来访视孩子的，回去制订麻醉方案，尽量做到心中有数，准备充分，增加安全性。"

"叶医生，请问麻醉药会不会影响孩子的智力发育呢？"孩子的舅舅礼貌不失尖锐地问了一句。

"不会的！"叶颖肯定而响亮地回答道。

"叶医生，辛苦您了！劳您这么晚赶来，我们心里很感激。可是刚才我们和熟人通话后，心里起了这层顾虑，这么小的宝宝，刚才还在哭闹啊……烦您给我们解释一下好吗？"妈妈刘雨秀目光中透露着焦急与担心。

"麻醉药物使小儿暂时失去知觉，如同睡着了的情况下完成手术，等麻醉过后，小儿就逐渐清醒，对她智力不会有影响的。"叶颖看了看病历说："患儿身体才12公斤，年龄小，受伤哭闹，这些都给麻醉带来困难——我会考虑这些因素，优化麻醉方案的。"

叶颖秀丽的脸庞上，一双黑瞳仁闪烁着智慧的光芒，令人不由得信服她的才干。赵雯妈妈握住她的手，连声道谢，随后带她到病房查看。

手术室电子感应大门徐徐打开，巡回护士徐婉君从刘雨秀手中接过哭累后安稳睡着的孩子。谁知，一换人抱之后，小赵雯蓦地醒来，瞪着圆溜溜的眼睛，见抱着自己的竟然是一位戴口罩帽子的"怪阿姨"，就害怕地嗷嗷大哭，一边不停地喊："妈妈！妈妈——"

徐婉君也是一位6岁女孩的妈妈，哄孩子自有一套。她抱着孩子一边轻声抚慰，一边走来走去找妈妈，分散孩子的注意力。

麻醉机旁边的无菌盘上，摆满了十来支各种麻醉用药和抢救药物的注射器。一个硅胶面罩伸过来，孩子几秒钟就进入"梦乡"。

徐婉君将孩子抱上手术台，一针见血做好静脉穿刺。从静脉通路，叶颖依次注入经过严谨计算的镇静剂、镇痛剂和肌肉松弛剂。

小姜和黄旭举着手进来："黄老师，我知道您一定会选用环形置管的。可是，如果患儿的上下泪小管没有汇合成泪总管，而是直接连接泪囊，那就是盲区中的盲区，操作起来好危险的。"

"有这种解剖结构的为数不多，十年来我只做过两例成年人的。"

"在直径不到 0.4 毫米的泪小管，送入直径 1 毫米的旋转探针，谈何容易！稍微不熟练就会刺破泪小管，怪不得临床难推广……"小姜形象地表达自己的看法。

"考虑到孩子小，我们不能用简单的缝合，而要设计一个 Z 字皮瓣——"

"这样做，虽然增加了难度，但小朋友是祖国的花朵，我们不能让她留下奇怪的容貌啊。"

拨开患儿口唇，叶颖右手捏住细长的管子，顺着喉镜轻巧送入，穿过狭窄的声门，小汪接好各种设备。

"患儿心跳每分钟 109 次，血压 85/56，血氧饱和度 98%，呼气末二氧化碳浓度 35，各项指征在正常范围。"叶颖看着麻醉仪上的屏幕说。

小姜拿生理盐水清洗创口："哎呀！——断了的泪小管缩进

去了，根本就看不到。"

黄旭戴着手套的手触摸这个位置："看来，只有从上泪小管逆行探查……"

旋转540度的螺旋形探针，头端穿好引线，引线系住细软的硅胶管，黄旭拿着它送入上泪点，弯曲的内部管道形态，已是烂熟于胸。

"很好，解剖没有异常，已经探入泪小管的交接处——"这是令人鼓舞的声音，仿佛连仪器的滴滴声也变得欢心喜悦起来。

真是百炼钢化为绕指柔！黄旭两个手指头夹着探针，轻缓旋转，拉进断口，自下泪点引出硅胶管，将管子两端缝好隐蔽于泪阜，再吻合断裂的细小泪管。

做这种手术，姜瑞祺知晓，眼科医生通常不用这个方法，而是将管子从下泪点经过泪囊直接插入鼻腔，这样，管子一端在下眼睑，一端在鼻腔，形成的锐角会产生剪切力，易造成下泪点、泪小管撕脱、感染等风险。

因为裸露面部，睑皮肤又是全身最纤细的，如果按照目前普遍采用的对位缝合方法，由于伤口与皮纹方向垂直，这就意味着术后将存在条索状明显疤痕，还会导致下眼睑外翻畸形。

天生长着一颗善于发掘的心，黄旭认识到诸多弊端，从手术经验中感悟，对该传统方法进行创新。早在2002年，他就颇具匠心地利用螺旋探针，开创了围绕上下泪小管一圈的置管。如此，软管贴合自然弧度，稳定性舒适度好，泪小管吻合成功率高。更为优越的是，他融合眼整形技术，外观上几乎看不出手术过的痕迹。

此时，黄旭手中的手术刀仿佛变成画笔，在小女孩柔嫩的睑缘下，轻巧地划开一条线，剥离皮下组织，"艺术化"地挪动皮瓣成Z字形。

"这样带蒂的皮瓣不会坏死——如果按常规缝法，对小朋友将来的容貌有很大影响。正因如此，我们要美化手术。"黄旭在显微镜下超精细缝合，与瘢痕说再见。

手术中的麻醉特别重要，呼吸参数、麻药的剂量、什么时候苏醒等，都有严格的控制。为了对病人的生命负责，叶颖时刻关注着显示屏上那些跳动的数字和曲线，生怕一不留神就出现突如其来的状况。

现在，黄旭他们出去告知家属手术成功，叶颖依然守着患儿，因为手术虽然结束，但各种麻药作用尚未消除，此阶段是麻醉意外和并发症的高发期。二十分钟后，小赵雯缓缓睁开眼皮，还没反应过来时，叶颖已拔出了管子，为她戴上面罩吸氧。

"马上可以见到爸爸妈妈了。"小赵雯已经从指标中安然走出，重新回到灿烂多彩的生活中了，叶颖看着她恬静的脸，由衷地笑了。

这个世界，总有陌生的白衣天使，在你危难时刻护你周全、健康无忧，甚至会改变一个家庭的命运。今夜的手术室，只是他们无数个夜班之一，他们合心合力还小女孩一个健康、无痕的人生！

正是因为有无数恪尽职守的医务人员，才有了百姓的现世安稳。这一群可爱的人用匠心和技术，在岱江这片热土上书写着奉献与忠诚，诠释了一切为了群众健康的服务宗旨。

第二十二章
信 任

6月9日，岱江人民医院17楼会议厅，高朋满座，热闹非凡，由眼科主办的2007年省级继续教育项目"眼外伤治疗新进展"学习班在这里隆重举行。

本次学习班特邀请省内知名眼科专家莅临授课，吸引来自市区内外各医院百余位眼科同人参会，大家齐聚一堂，进行学术分享。医院党委书记梁文韬、院长王海瑜出席，眼科主任吴可峰主持这次继教班。

上午8点30分，梁文韬书记热情洋溢地致开幕词：

"尊敬的各位专家、医学同人及朋友们，上午好！在这个充满活力的初夏，我们感受到各位远道而来的专家学者和同人们对岱江人民医院眼科的一片盛情。首先，让我们以六月阳光般炽热的激情，对各位的到来表示衷心的感谢和热忱的欢迎！"——台下立刻响起一片会心的掌声。

"岱江人民医院眼科是我院的一个品牌特色专科，于2002年被评为市级医学重点学科。多年来我院采用'走出去'的措施，着力提升眼科技术的发展，近年来在眼外伤、玻璃体切割等方面取得了可喜的成绩，技术处于市内领先，在海州及周边地区享有盛誉。此次学习班就是'请进来'的举措之一，我们请进高水平专家来院讲授、指导，旨在为大家搭建一个学术交流的平台。希望在'请进来'中进一步提升我院眼科医疗整体水平。"

梁文韬戴着一副黑边眼镜，眼中闪出知识渊博的光，他是医院唯一的医学博士，在诗文领域也有很深的造诣。那富有蕴意的讲话，庄重温和的风采，浑厚圆润的声音，赢得了全场热烈的掌声。

接下来是王海瑜院长致辞，他首先肯定了医院眼科近年来所做出的成绩。接着，他稳重大气地表示，岱江作为海州市核心城区，希望眼科充分发挥自己的优势，不断探索省内乃至国内的前沿技术，为推进海州市眼科事业的蓬勃发展做出贡献。

针对眼外伤发展的普遍现状及临床诊疗手段，两位教授分别就《眼外伤前后节的综合处理》《眼眶外伤的诊断和治疗》等课题进行专业的讲解，将国内前沿的新技术进行实例分享，从不同角度为学员带来新的价值和启发。

下午，医院副院长范长骏演讲《眼外伤的救治》，发表了眼外伤救治的独到见解。眼科主任吴可峰做题为《玻璃体切割手术》的讲座，主任医师乔子阳就眼外伤一期治疗等方面交流了宝贵的经验。

现场学术气氛浓烈，授课内容精彩而实用性强，堪称一场不折不扣的学术盛宴。学员们说，通过吸收专家的经验和实战技能，对今后的工作和发展十分有益。

学习班圆满结束，姜瑞祺和崔月莹忙着分发学分证书，黄旭正在整理会务资料，兜里的手机突然响了，他走到靠窗边。

守望光明

"您好！黄主任，我刚接到电话，上阳镇街道一位干部在工地被钢筋崩伤了眼睛，请您马上做好手术准备。"王海瑜院长的声音从手机里传出。

"好！"黄旭爽快地应承下来。

王院长又用信任的口气说："据上阳镇医院院长介绍，眼球伤情严重，是他从未见过的。望您尽力保住眼球和视力，相信您会为我院赢得好声誉！"遇到病情急重的眼外伤，他首先想到的是黄旭。

一股强烈的使命感在黄旭心头升起，他敞亮地答道："为患者点亮光明是我们光荣的责任！"

王海瑜自2002年任医院副院长、2007年荣升院长以来，一贯廉洁勤政，秉公办事，有较强的开拓精神，在群众中享有较高威信。当了副院长后，他还从事骨科临床，擅长各种骨折、骨病的诊治，在医院起首开展显微手外科、断肢再植、皮瓣移植等。显微镜下，他常常坐几个小时纹丝不动，保证患者术后肢体能成活及功能恢复。

小小的手指面积不大，但结构精细，功能复杂，断指"接活"难度很大。几年前，有一个大男孩，他右手的中指、无名指和小指被机器冲压断，鲜血淋淋的。时任骨科副主任的王海瑜接到了紧急救助电话。

仔细查看伤情后，他坚定地说："男孩子年纪轻轻的，生活才刚刚开始，没有了手指，将来日子怎么过？今晚哪怕花再多的时间，也要将断指接活！"

多指离断再植与单指离断再植术的难度，相差十倍，需要医生付出极大的心血。王海瑜凭借"稳准轻巧"的娴熟技艺，用纤细如丝的显微线，一针一针将断裂的9根血管、9根肌腱、6根神经精细缝接……每一步骤，均在放大10倍的显微镜下进行，连续了8个小时。

这场手术充满危险，稍不留神就会前功尽弃，直到凌晨2点多，接上的手指恢复了血供，王海瑜一身劳累但分外满足。术后他精准用药，及时化解风险，男孩的手指全部接活。

在手术间，王海瑜肉眼感觉黄旭的手指非常稳，在显微镜前操作的范儿，令他印象深刻。他深知，做显微手术就像做艺术品，手术越精细，越见功力，越考验医师的心性和耐久力。

华灯初上，病房里亮起了灯，悠悠点缀着夜色。突然，安静的过道传来一阵急促的呼喊声："医生！医生！快！快救救他的眼睛！"蓝海和黄旭快步走出来。

一群人急匆匆走来。两人连搀带拖地扶住一个男子，他40岁上下，双眼蒙着纱布，显出痛苦的表情。

"请到这边来。"蓝海忙领着他们进了检查室。

患者腿脚发软走路磕绊着，仗着两个壮力的架持坐在了凳子上。摘下纱布，黄旭给他检查了裂隙灯，清晰可见眼球最前面的一层透明膜上，三条不规则的裂口呈"川"字形，其中两条斜行接近中央区，一条贯穿角膜，有一团黑色物流出，部分眼内容物卡在裂口处，瞳孔已经变形，前房几近于消失。

蓝海挨挤着老师的头瞄了一眼，心里一紧："哎呀，伤得多么邪门！弄不好眼中央有疤痕，影响视力。"

他赶快带家属到医生办公室："患者眼球穿通伤很厉害，需要紧急实施眼球修补手术！"

他已提前通知各有关值班人员，检查化验科室开放绿灯，及时为患者做完各项检查。前后才 50 分钟，各项准备就已到位。

"怎么你们也来了？消息这么灵！"蓝海和黄旭一先一后走向洗手池，却见姜瑞祺和崔月莹早一步在那儿了。

崔月莹用调侃的语气反问："怎么只许你来，就不许我们来了？"

蓝海正色道："讲真，这手术够有挑战的，你可不要添乱。"

"蓝兄，你能说说手术的难点在哪儿吗？我们以讲座内容作为参照，与实际手术相结合。"姜瑞祺虚心请教。

"实际手术中遇到的一些问题，往往难以简单概括——"蓝海没心思多讲解。

姜瑞祺回道："歌德说过，'志向和热爱是伟大行为的双翼'。蓝兄，你可不能浇灭我们的热情啊。"

黄旭眉间一笑："年轻人就要有股劲儿——这样，你们两个先轮流着看几分钟，后面部分蓝海专心做助手。以后在猪眼睛上练习，我给你们示范。"

手术显微镜下没法一步步手把手传教，年轻医生只能在台上用心看，再在台下练手艺。当然，有些很有讲究的窍门，若没老师提点，可能需要一辈子去体会去总结。

蓝海用稀释的抗生素液冲洗伤口，"大叔，我现在给您滴麻药了，这种麻醉无损伤，不用打针注药。您一定要好好配合，不要转头挤眼睛！"他让病人尽量放松，以免眼眶内压力升高，进而使眼球内容物脱出。

黄旭端坐在显微镜前，从角膜缘穿刺口将粘弹性物质注入前房，然后用棉签还纳虹膜，拿剪刀齐平切除卡在伤口处的玻璃体。

针对不同的伤口采用不同的缝合方式，黄旭自有一套"心法"。高倍显微镜下，他捏着几乎连肉眼也看不见的针线，屏气凝神，针尖一挑，就准确地穿过了角膜后弹力层，出针位置恰好对等……

"看清了吗，缝合的深度是角膜厚度的90%，不能穿透全层，每一针都做到两侧的距离和深度相等……这才算是完美缝合。"

"这可是在半毫米的膜上啊，很容易偏差的。照这么齐整，不就像用尺子测量吗？"崔月莹瞪着桂圆似的眼睛，纠结地问。

"去去，最难的来了，我要跟紧老师的节拍。"

接下去的裂口来了一个小拐弯，逼近薄如蝉翼的角膜中央。黄旭全副精神贯注，轻微转动拇指与食指，斜行穿过尖角处，使伤口的层间呈等距离。

发挥这些精巧的手法，创口组织才会对合完美，角膜组织不会变形，前房也不会消失，从而达到尽可能无创伤缝合。末了，细若发丝的线结，21针松紧适宜，被同一方向埋入角膜浅基质层内。

"水密性完好，没有渗水。"蓝海拿干棉棒滚动伤口表面，确定地说。

倘若缝合不良有漏水，则潜在眼内感染风险，并容易和另外一只健康眼发生"交感性眼炎"，以后还会发生粘连性角膜白斑等。

最后蓝海收尾，抽取浑浊晶状体，"手术很成功，等您伤口好了，还要进行二期手术。"

"黄老师给我们上了现实版的眼外伤一课，深深刻进我们的脑海里了。"蓝海感叹。

收获着喜悦的黄旭，连迎面拂来的和风都带着甜。他走进多姿的城市夜晚，街道边商店林立，装饰精致，琳琅满目的商品诱惑着行人，许多车从他身旁掠过，车灯划出一道道亮光，把他勾回了现实。

他想起几年前，由单位牵头组织完成的驾驶技能考试，自己通过并获得了驾照，至今要买普通车还得贷款。

他叹息一声，或许，一位真正的医者，不但要做一个医生分内的事，还需忘却尘世的浮躁与不安，因为只有宁和的心态、明净的向往，才能引领着自己攀上医学高峰。

第二十三章

锻 造

住院医生们都渴望自己的医技更上一层楼，希望得到黄旭的指点，闲暇时刻便围着他，听他的技艺带教，他也毫无保留地传授。有一天，在他们的追问下，黄旭娓娓道来自己的成长历程——

青年时期的黄旭被求知欲填满，一直谦虚地走在学习、领悟的道路上，慷慨地把时光掷在了一摞摞书本和一台台手术中。1988年，在火辣辣的季节，怀揣着救死扶伤的梦想和抱负，刚从省重点医科大学毕业的他被分配到了西屏县人民医院。

他的初衷是当一名普外科医生。因为在毕业实习阶段，他被学校分配在省级、市级有名的三甲医院各五个月，其间他日夜守在医院，除了完成病历，只要有手术，就特别积极地去上。

凭着心中对医学事业的执着，在市级大医院实习时，阑尾、疝气、大隐静脉曲张等普通外科手术黄旭也能渐渐地独立完成，带教老师就在旁指点验收。而且，他和另一位进修生，几乎包揽了门诊手术室里的各类手术。

然而，现实却事与愿违。由于当时西屏县人民医院眼耳鼻喉科恰好缺人手，黄旭便顺理成章地被安排到了该科。彼时他读的临床医学是五年制，内外妇儿样样精读，眼科学却是被忽视的，而且实习中也未接触过眼科。

放弃熟悉的专业，转向一个陌生的领域，这之间的跨度，相当于一切从头再来。自此，黄旭就"钻"进眼科学，奋力求索，刻苦攻关。

那时一般基层医院技术手段滞后，因眼睛手术并发症多，难度大，风险高，西屏眼科偶尔做些翼状胬肉、青光眼小梁切除等小手术，大多数需手术的病患都赶往大医院，特别是那些老人，很不容易。

也曾有一位老人，右眼视力急剧下降，眼前黑影飘动，他在大医院排队一个月后，却被告知，已经眼萎缩无法治疗。

黄旭看在眼里，痛在心里，他感到自己被赋予了一份沉甸甸的使命。他暗自下决心：一定要学到最先进的技术，让这样的悲剧不再发生，让这些病人解除病痛和不幸。

1991年，黄旭到地区级医院进修六个月。那时整个海州的眼科停留于传统手术，不使用手术显微镜。黄旭一心向学，见天泡在科室里，积累了扎实的眼外科手术功底。

一个晚上，呼啦啦来了四五个人，其中一个女人一路用手挡着脸。

"医生，这脸上要是有一长溜的伤疤，那太瘆人了，我今后怎么……"

女人三四十岁的样子，沾染血迹的手拿开，值班医生微愣了一下，这半边脸不毁了吗？

家属向医生讲述事发经过，黄旭带病人去治疗室检查，发现她从右眼角到颧骨下面，被撕开十几公分的口子，伤口很深，血肉外翻。她不怕疼，只怕以后留下疤。

"去手术室，用很细的针线缝。"黄旭果断地说。

黄旭握着比绣花针还细小的缝针，将撕裂的组织对位、拉拢，四五十针细巧的美容缝合，花了一个半小时，直到凌晨告成。

一段时间后，女人脸上的伤痕微乎其微，大大出乎她的意料。

20世纪90年代以后，眼科学开始步入精确显微手术时代。手术显微镜的应用，是一个革命性的进步，它使眼科手术从宏观世界进入微观世界。

岱江人民医院眼科，领海州风气之先，已经开展白内障现代囊外摘除术。其时，显微技术在全国还刚刚兴起，在省内仅有少数医院开始使用这项技术。

显微手术这个新鲜事物难操纵，不但切口缩小了4毫米（从肉眼的16毫米到12毫米），而且，镜下所见的物像与实际的有差距，容易辨识不清重要结构，稍有半点差池，动作走形，就会对组织造成损伤，引发并发症，因此年轻眼科医生成长实为不易。

1992年，黄旭在岱江人民医院进修。他珍惜台上机会，做助手时细心观察和默记主刀老师的操作要领，洞悉主刀的每一个动作、目的，并于术后读书，印证手术程序。

春风骀荡的夜晚，耳鼻喉科医生陶鸿林、骨科医生徐正东与黄旭，三人经常瞅空去手术室，利用淘汰的器械，在手外科显微镜下，反复练习每一项基本功，浑然不觉时间的流逝，直到万家灯火渐渐熄灭，三位有抱负的年轻人才各自回住处。

几次三番，黄旭买了一袋猪眼球，放冰箱保存，在显微镜下一遍遍模拟实战。有时他就睡在空病房里，有夜急诊手术的，几乎全让他处理了。有时值班医生有事外出，黄旭就顶其值班。

"黄医生，今天我有两台白内障囊外摘除手术，让给你主刀，怎么样？"主治医师许淑琦笑着说，她欣赏他的刻苦与韧劲儿。

要知道，这可属于三类显微手术，科室才开展一年多，上级医师不轻易允许进修年轻医生主刀的。

"呵呵，那太好了！在猪眼睛上我会做了，可肉眼手术毕竟不一样，我要好好把握。"黄旭很高兴，他到这儿进修的主要目的就是带回这项新技术，惠及更多患者。

手术显微镜下，整个手术流程下来，黄旭小心翼翼，不拖泥带水，让把关的许淑琦感到吃惊。

无数个日夜的锻造，淬炼成一手过硬的"活儿"。返回西屏后，黄旭满怀热忱，希望施展自己的技艺。可是要开展显微手术，起码得购置眼科手术显微镜，而光这一台主打仪器，需要15000元左右，这在1993年是一笔不小的数目啊。

医院有财务困难，建议他向县卫生局申请，卫生局领导也不同意。后来，局里领导帮他出主意，说如果他把医术下沉到基层卫生院，在那新开设一个眼病专科，那么政府也许会以财政支持方式，拨款给卫生院。

1993年，秋高气爽的时节，黄旭去了西屏县的中部——健岚镇卫生院。不久，黄旭与王文经院长一同上苏州，在一家知名品牌公司，以优惠价格购买了眼科手术显微镜、裂隙灯、检眼镜各一台，总共花了19200元人民币。

万事俱备，终于如愿！11月22日，星期一，在健岚镇卫生院，西屏县首例现代白内障囊外摘除联合后房型人工晶体植入术成功完成，为老人开启光明。一上午，黄旭相继顺利地做了四台手术。他交代四位老人手术后需要注意的事项，要求他们当晚住在卫生院里。

入冬的大地显得安静了许多，清晨起来，地面上像铺了一层薄薄的轻纱，有种神秘的味道。早起的鸟雀在树枝间跳跃鸣唱，迎面的清风透着幽凉的寒气，让人感觉无比舒适爽意。

那时候，从县城开往乡镇的公交车班次有限，时间间隔长，等一趟车要花半小时，黄旭常常骑自行车来回一个半小时。

途中，道路两旁、田间地头挺立着一棵棵苦楝树，那疏朗的枝头上，摇曳着一串串金黄色的苦楝子；一畦畦墨绿的乌菜、鲜嫩的白菜覆着一层银色的霜花，在橘黄的阳光下反射着点点光芒……

自由自在骑行在空旷的路上，感受着生命的旅程，黄旭喜欢这种放逐自然的感觉，这是一种豪迈的态度和人生追求。

早上7点30分，黄旭到了健岚镇卫生院。他径直上二楼病房查看昨日手术病人。然而，当他先后推开两扇房门时，惊了一跳，床上空空如也，那四位眼睛覆盖着纱布的老人全回家了！

不一会儿，院长王文经来了。黄旭刚要汇报这事，王文经拍了拍他的肩膀，微笑着说："黄旭医生，昨天下午，那四位老人一定要回家，说手术很成功，没什么不舒服。那会儿你去了县里，我们劝不住，只好告知他们值班电话，万一有事及时联系。"原来他已与值班医生接头，到现在没接着电话，想必他们都平安无事。

黄旭虽然相信自己，可毕竟是西屏县首度开展的手术，有一定的并发症概率，难免有些放不下心。明天就要被抽调到县里，由卫生局副局长亲自挂帅，参加冬季征兵体检。

"我还是去一趟看看吧，这样心里才踏实。"他想等处理完工作，再去访视首例手术者杨道贵。

"杨道贵的家庭住址只写了镇没写村子，也没有电话号码。偌大一个镇子，不好找人。"王文经看着黄旭翻开的病历说。

"嗯……有了，他说过他信仰基督教，每周都会去教堂。"黄旭脑海闪过杨道贵与他聊起的话，"我只要找到教堂，问问里边的人就该知道了。"

"这的确是个好线索。"王文经会心一笑，握住他的手说，"医生亲自跑病人家里，访视手术情况，这可是从没有过的！值得好好宣传，我要向报社报告此事。"

听到这话，黄旭反而低下了头。

风和日暖的午后，循着王文经指示的路径，黄旭在自北趋西南的马路上骑行。高爽的晴空下，两旁田野上少了稻谷、玉米等农作物的喧闹，漫天的金光向远方延伸，一路上人影稀少，约莫有一个小时的光景，他找到连旁镇教堂。

"他家大概在那座大山的山上杨村，上面有几个村子，你上去再问问。"教友指点。

自行车停在板沸村的老樟树下，黄旭沿环山的沙石公路，经过大理石加工厂，一直走，兀然出现依山势而建的村庄。他走进村里去问路，才知道此处就是山上杨村，但杨道贵家不在这里，他可能住在小林山村，得再往上走。

渐走渐高，四面没有人声，时有一两声的鸟鸣飞来，惊落树梢黄叶缓缓地飘下。他放眼四周连绵的青山，缭绕的薄云，在阳光下染上一抹金色,呼吸甘甜清冽的空气,仿若行走在图画中。他拔起脚跟,一口气翻过西面的山岗,便有一平缓开阔处伸展在面前。

两侧的梯田上,叠放着众多"稻秆蓬",有的绕树身搭成稻秆亭子;前方山坳里,橙红橙红的枫叶掩映下,错落排列着一片楼房。他从一下坡弯道,进入村口。

"老杨住在小儿子的房子里,就在那上面——"一位老伯告诉他。

沿着右手斜坡上行,便见十米开外,那块突出平坦的地方,屋前晒场边的石条上,坐着几位大爷,当中一个不正是黄旭要寻找的老人吗?

他已拿掉了眼睛上的纱布,正闲坐在斜阳下有说有笑的。黄旭大步流星地走过去,挥手叫道:"阿公!杨阿公!"

杨道贵疑惑地看向声音源头,见一个玉树临风的男子向自己微笑走来,略呆了一呆。随即,他从声音和身形辨认出,来者就是黄医生。

"啊!是医生呢,黄医生来啦!"他忙迎上去,握住黄旭的手。

"怎么昨天就回来了,不是说好留住医院的吗?"黄旭笑问。

"不瞒你说,昨天下午我把纱布打开一角,就看见亮光了,可高兴了,哈哈!其他三个人也学样儿。大家说眼睛一点儿不痛不痒的,住在那儿干吗?"杨道贵朗声笑道。

"我又看得见了——你看,我现在好得很呢,老远就看见你了。"老人津津乐道,激动得脸都潮红了。

望着老人孩子般纯真的笑容,黄旭笑着对他说:"既然来了,

守望光明

就让我为你检查检查吧。"

杨道贵闻言坐好。黄旭左手持放大镜的手柄贴近他的左眼,右手打开聚光小手电,对准透明镜片后这眼珠儿,用左眼细细看去,发现术眼角膜透亮,没有水肿、充血等炎性反应,人工晶状体在位。接着叮嘱杨道贵按时点眼药,注意用眼卫生,防止术后感染。

杨道贵虽然76岁高龄,身体却结实得像一棵铁杆杉树,仍然步履矫健,没有其他毛病,只是苦于双眼几近失明。多年来他被这眼睛拖累着,这两年他勉强看见一点亮光,在山上走走路都会摔倒几次,伤到深层的肌肉,痛过一段时间;基本的家务劳动更是难以进行……

他小儿子在城市打工,得知父亲眼睛能治后,便送父亲来卫生院,前天他给老爸付了住院费,就匆匆赶回去了。现在杨道贵喜获光明,又重新看清了这个想看的世界,自有他表示感动的朴素方式。

"这位就是我说的黄医生,一表人才,人很好,技术好……你们陪他聊,我去烧碗茶来。"老杨说。

他们的住屋是三间朝南的两层楼房,斑驳的山墙面上,下面用石砌,上面用砖砌,这两部分界线分明地完全齐平。老杨住的是东头一间。一位阿公抽着旱烟,他说今天是老杨侄孙结婚的喜日……

少顷,老杨端上一大碗桂圆荔枝鸡蛋糖水,拉着黄旭的手让他坐下吃。一股暖流从黄旭心头涌出,他为山里人的纯朴真挚和热情好客而感动。他想,今天来拜访杨道贵是正确的。他深切感到,身为医生,应该主动走近老百姓,不能够只是等待患者上门求医。

　　黄旭要告辞，杨道贵却拽着他的手不放，硬要他和自己一起去吃喜酒后再走。他指点着往西北倾斜而下的石阶小路，说顺这条道下去，直达板沸村，不出半小时便能到山下。此时，夕阳正在缓缓沉落，黄旭心里焦急，可又不忍拂了老人的好意，他寻思去那里吃上几口就离开。

　　他们走进一个四合院儿里，中间铺着石板的天井上，摆着五张酒席。东房屋檐下挂着一对大红灯笼，门楣贴着喜联，屋内挂着彩饰。那边新郎新娘行过礼，杨家的亲戚邻居陆续到齐，大家坐拢来吃喜酒，猜拳，新人向每一桌的客人逐个敬酒。夜幕悄然洒下，一轮明月斜挂上东天，黄旭匆匆跟杨道贵握别。

　　素洁明净的月光笼罩着群山，月光下的林木变成沉沉的黑影。山间昼夜温差大，呼呼的寒风吹来，彻骨般寒冷，黄旭裹紧了身上的西装外套。山风伴着不知名鸟儿尖厉的叫声，还有猫头鹰凄厉的叫声，回荡在阒寂无人的空山里，使人不由得惊悚起来。黄旭一路嗖嗖飞跑下山。

　　沿着来时的路，乘着皎洁的月光，公路上基本看不到行人，偶尔才会驶过一两辆三轮卡车，黄旭加快速度蹬着车子，返回县城。

第二十四章
芦苇精神

"2005年12月11日,10位患者在安徽省宿州市立医院接受白内障超声乳化手术后,10个人全部发生绿脓杆菌感染,导致9人被迫摘除单侧眼球,1人永远失明的惨痛悲剧!给患者带来了永远无法弥补的创伤和病痛的折磨。此次医疗事故是宿州市立医院管理混乱,与非医疗机构违法、违规合作,严重违反诊疗技术规范引起的后果严重、社会影响极坏的医源性感染事故。"

眼科医生办公室内,挨挨挤挤地坐满包括眼科门诊功检科、新轮转入科的全体医护人员。黄旭坐在朝南的主位,他一改平时温和的语调,显得严肃而沉重,每一个字如锤子般砸进在座39位医护人员的心里,溢荡在20余平方米的空气里,每人脸上都现出凝重之色。

"前车可鉴!医院内感染与每一位职工密切相关,一个环节、一个操作的疏忽都可能引起不良的后果。今天下午我讲课的题目是'眼科手术感染危险因素分析及预防与控制'——"

每两周一次的例行学习,于周五下午下班后进行,按年资深浅由每位医生轮流讲课。此次讲授的主旨是为了建立"院感管理眼科文化"，黄旭做了一番准备。平常他讲专业知识，不用教科书就讲得精熟生动。

"眼科患者以手术病例居多，占 90%以上，眼部解剖结构的特殊性复杂性，造成医源性感染的因素较多，引起眼内炎，导致严重后果。眼科手术中常见的危险因素有：一是医护人员的无菌技术执行不规范，二是眼科手术中的植入物品管理不够规范……"

40 分钟的课程内涵丰富，把枯燥的内容讲得明白、到位。最后总结时，多数人露出一副了然于心的眼神。不一会儿，大家各自散开了。黄旭把资料放回抽屉，就匆匆往家赶，今晚他和蓝海有约。

岱江公园有一座美丽的人工湖，它像一颗翠绿的宝石镶嵌在岱江城区北面。一万多平方米的水域四周绿树草坪环绕，与公园游廊、喷泉假山、亭台楼榭等相映生辉，湖景园景自然交融，相得益彰，是岱江城区一道亮丽的风景线。

公园主入口的广场上，花坛里开满了姹紫嫣红的鲜花，两旁是广阔草地，吸引着市民来此休闲游览。尤其是在夏季夜晚，许多人齐聚在广场，跳起流行的广场舞；前方喷水池中喷出各式各样的水柱，应和着旋律跳起了激情的探戈；孩子们乐在其中戏耍娱乐……一派活力无限、欢乐不断的盛世景象。

现在 8 月已近尾声，迟夏还未尽，白天阳光依然强烈，早晚微凉快。蓝海吃过晚饭后，独自走出家门，黄旭早已与他约好去那公园散步，今晚难得闲暇凑在一起，这或许将是他们人生中唯一的一次同步漫游湖边。

蓝海受伤出院后继续在家休养了一个月，暴徒虽被"绳之以法"，却不受羁押，其实际惩戒效果甚微。医院版的"秀才遇到

171

兵",有冤屈难以伸张,只有打碎了牙往肚里咽。

过去的纯真和随性不再,蓝海比以前成熟冷静多了。可黄旭看出,他埋头工作的背后,依然藏着非常巨大的心理阴影,黄旭早想约他出来好好聊聊,帮助他走出情绪洼地。

平常他们是医院最忙碌的医生,近年来,科室年手术量2000多台,黄旭他们就完成600多台。他们对患者是那么尽心尽责,对技术那么追求完美,对他们来说,一同漫步公园湖边是一种奢侈的享受。

蓝海从青年路穿过中山路,走向解放路的尽头,立在橘黄的路灯下。这时,黄旭正快步朝公园走来,他们相互挥手致意,微笑会合后,放慢脚步踱向公园的东侧。

人工湖的东面挺立着许多碧玉似的荷叶,衬托着零星开放卓尔不群的荷花,岸边有几株娉婷的垂柳,远处有几丛纤细的芦苇,小鸟在树丛中呢喃,洋溢的诗情画意触手可及。

这里距离公园主入口500多米远,景致清幽而纯净,没有热闹的感觉,两人感到与现实工作短暂分离的畅快。晚风悠悠地吹来,拂过清波粼粼的湖面,拂过一片片翡翠伞,拂过两位医者的衣角和心扉。

暗蓝的天穹没有明月悬挂,迷离的星光在夜霭中闪现,高高的路灯散发疲乏的光芒。两人沿着湖边的小路闲步,在一条长椅上坐下。

黄旭缓缓张开两臂,深深呼吸一口气,花草木的清香混合着泥土的芬芳沁入心脾,似乎整个人与这片土地融合在一起了。

"小时候,父亲会挑几片芦苇叶,折出一只叶哨,吹出好听的声音……他说，芦苇可以编篮子、做药材，浑身是宝……"面前飘荡的芦苇，引怀思绪，勾起黄旭的童年回忆。

"芦苇生命力极强，只要有水的地方，它都能生长。"飘逸灵性，默默奉献，芦苇的精神早已融进他们的骨血。

"思想家说，人是一棵会思想的芦苇。"不愧是名校出来的，蓝海张口就来哲理名句，"可是，正是因为会思想，才把自己带入不堪的境地！"

"我们都要学会与自己和解——"黄旭拍了拍自己的胸膛，"要平静放下……你看，眼前这些荷花、芦苇等在此的开放存在，不就是教会我们要回归平静吗？"

五个月前，蓝海在夜间看诊被暴力伤害，他的内心曾经历了一场海啸。直到现在，这种痛楚的感受还会像怪兽一般吞噬着他的心。

黄旭是老师，更是挚友，现时单独面对他，蓝海可以无须坚强，可以卸下外壳，以心交心，他要倾倒淤积胸口的苦痛，他几乎是喊着说：

"有的人心怀叵测！我看到了他人嘴角嘲讽的笑意，您知道我是什么感受吗？那一刻，我的心再次被刺得流了血，所有的委屈、侮辱、愤恨、惨痛一齐涌进我的胸膛，我都难受得快要窒息了！"

黄旭以理解一切包容一切的表情注视着蓝海挣扎的面庞，轻轻握过他的手，他懂得身体的创伤可以慢慢痊愈，但心灵的创伤却无论如何都难以抚平，他思考着如何抚慰蓝海。

"别再为这事儿拧巴了！我看过一个报道，说去年近 6000 名医务人员被打伤。同行们说，现在看诊时都要防着，小心遭受对方袭击——其实，这个事件受伤的不仅是你个人的身心，更是我们医生这个职业的尊严，我们的心都伤透了……

"经历了惨痛，我们应该更深刻地理解医学与人生——跋涉在医路上，不摔跟头、不碰个头破血流、不遭遇不幸和苦痛，怎能练出钢筋铁骨，怎能成长为出众的医学人才呢？作为有骨气、有抱负、有事业激情的人，应该把伤痛转化成奋发的力量！"

俊逸的脸庞在朦胧灯光的映照下，充满浩然正气和坚韧向上的精神，黄旭停顿了一会儿，接着缓缓而动情地说：

"当面对渴望救助的眼睛，我们能做的是——尽己所能伸出援手，无愧于'光明天使'的称号。为此，我们要付出几倍的努力，因为眼科专业特别精深，需要内外兼修。你是眼科学硕士，与其纠结过去，不如加倍坚强，提升技术，成长为眼科某领域的佼佼者。"

黄旭的目光显得非常深邃，非常坚定，里面闪着一种热烈的光芒。这束光照到蓝海的心坎里，包裹温暖着他的心房，渐渐令他获取一度被浇灭的热情和力量，他脸上露出感怀的神情：

"非常感谢您对我的教导关怀，我晓得您是这么说，也一直是这么做的。您给我们讲中山眼科教授的德行我都铭记在心。您真心传授技巧，我只能跟着您上手术。

"您让我看到人性光辉的一面，可是有人却让我看到阴冷的一面。比如，我很想学习准分子激光手术，有人却不允许我们做，怎么能抑制我们学习的兴头和成长呢？难怪许淑琦、郑睿鹏都走了。"

许淑琦在眼科工作了十三年，郑睿鹏工作未满四年。三年前，两位相继调往新成立的公立医院。

罗曼罗兰曾说:"世界上只有一种真正的英雄主义,那就是认清生活真相后,依旧热爱生活。"

蓝海心情起伏,难道自己被恶人践踏后就任由命运摆布?当然不能,没有人能阻止自己堂堂正正地站起来!那今后又何必再揭开伤疤感知伤痛呢……一番内心交战后,他迎着黄旭投来的关切目光,沉吟道:

"是的,不管多大的难,我们都要勇敢地走下去。在'逢高踩低'的环境中,我们稳如青山,一心钻研——可是,我多想离开这憋屈的地方,换一个环境,寻求更好的发展,重获新生!"

他这样说出自己的想法后,倒觉得心里平静了很多。

或许每个人的心中都住着一个少年,笃定地去寻求更好的发展。黄旭重重地叹了一口气道:

"人生路上,聚散随缘。我期望你学得一身功夫,在眼科事业中走得更远……"

蓝海心里泛起一丝丝不舍。忽然他话头一转,用半是促狭半是向往的语气道:"老实说,假如我有您一样拔尖儿的技术,我定会自己开辟一方天地,实现更有意义的人生!"

黄旭淡淡一笑,他们谁也没想到,蓝海不经意的一句豪迈话语,竟预示了他今后人生道路的方向。

"无限心中不平事,一宵清话又成空!"蓝海念出了这两句诗来。那些残存的苦痛、怨艾都在这晚风中吹荡到消散,化为一股精神之光照耀未来的漫漫医路。

世界以痛吻我,我却报之以歌。

温柔的芦苇在前方含笑而立。这素洁高雅的芦苇花、瘦瘦直立的茎秆,无声地向他们昭示着真正的傲人风骨:

纤细的身姿中挣扎着不屈的灵魂，柔弱的外表下蕴含着无穷的韧性！——这正是对他们精神气韵的生动写照。

大自然的灵性带给他们抚慰和启示，他们各自沉浸在难言而深刻的思绪里，感到源自灵魂深处的感动溢满周身……

夜渐渐地深了，他们从生命的诗意里折回现实，匆匆沿来时的路返回道别，明天等待他们的又将是繁忙而理性的生活。

第二十五章
供体来源

透过细窄的光源,郑正友的眼球中间长了一块灰白色的溃疡面,约 3 毫米×4 毫米大小,深达角膜基质深层,溃疡中央的瞳孔位置破了针孔大的一个洞,前房消失,下方虹膜有絮状渗出;左眼晶状体稍微混浊。

"医生,怎么样?能治吗?"黄旭还未发问,病人及家属几乎同时询问。

"医生,我这个眼病有 16 年了,每年都会犯病,去医院开些消炎药,挂挂水就舒服点。可是这次……这只眼突然看不见了!老流泪,睁不开,像一根根针刺着痛,都九天了,吃药挂水一点用也没有……"

郑正友的右眼肿得像桃子一样,他内心越来越不安,连日来吃不好饭、睡不着觉,整个人都处于烦躁和惶恐中。

一旁的儿子忙不迭地接下去说:"我们去医院看了,医生说看不好,眼睛怕保不住。大前天我们又去了海州医院,那专家让我们找您,说您这儿有材料……今早坐了两小时车,才挂上您的号。医生,请您一定要——"

四双恳求的眼睛望着医生，黄旭并不看人下菜碟，更不会搪塞被疾病折磨的病人，他告诉他们：像郑正友这种角膜溃疡穿孔失明后，如继续保守用药治疗，随着时间的推移，后期将发展成眼内感染、眼球萎缩甚至毁损。

"要想挽救他的眼睛，唯一的治疗方法就是进行角膜移植。只有更换一个干净清晰的角膜，他才能恢复视力。"

"请问医生，这手术成功率高吗？我听人说什么排异反应？"

"角膜移植是器官移植中排斥反应最低的——这手术风险是大，并发症多，但我们会尽力规避风险。据我以往的经验……"黄旭举了几个治愈患者的例子。

暗黑的天幕仿佛忽然被撕开了一条边，一道奇亮的光束照进了这位59岁患者的胸膛，他抓住黄旭的手臂，用力地摇着：

"真的？我这眼睛还能看得见？我以为再也看不见了……医生，您真能治好我的眼睛，就是华佗再世了！"神情中透露着激动和渴盼。

"有一枚角膜正好适合您——要知道，多少病人因为没有材料，不能做这手术，所以，您最应该感谢的是角膜捐献者……"黄旭开了入院证，让他们马上办理住院。

下一位走进诊室的是一个中年男子，一双眼睛特别红，面露焦急的状态：

"医生，我是武汉海员，在那里大医院看的，用了一星期药，感觉还严重了，双眼看东西越发模糊……"

黄旭仔细检查后问："你是否有耳鸣、听力下降、头痛、头晕、恶心等症状？"

男子回答："好像有又好像没有……感觉不明显，就是有点不舒服。"

　　黄旭翻看了病人带来的病历本，上面写的诊断是中心浆液性视网膜病变。但他所诊察到的，似乎有所不同：

　　"需要鉴别一下，你去做个荧光眼底血管造影。"

　　"医生，您能否给我加急做？我们的船在码头只停泊一天，明天就要开往韩国了——"

　　"好，下午你拿片子到眼科病房找我。"

　　下午4点，眼科医生办公室里，黄旭、蓝海、姜瑞祺、崔月莹围在荧光屏下分析图像。

　　过了一会儿，黄旭指着片子里的强显影给病人解析："这里像一片片湖水状的，是荧光素漏到视网膜下，说明你有多处浆液性视网膜脱离——而中浆病变通常在这里一个区域，再看这视乳头染色……"

　　据此推断病人患的是"小柳原田氏病"，这病就得用激素控制炎症，防止视功能进一步受到损害。

　　男子忍不住疑惑："可是，给我看病的是教授，他说我得的是'中浆'，不能使用激素——"

　　黄旭举了个实例："几年前，有一个病人在上面医院诊断为大疱性视网膜脱离，他的情况跟你有点相似，也是小柳原田氏病，我用激素等药治好了他——这样，为了慎重起见，你可以随时电话联系，告诉我你眼睛的情况，以便调整用药。"

　　男子脸上的神色这才阴转晴，心里放心了不少，存下黄旭的手机号，连说"谢谢"。

　　郑正友很幸运，适逢杨昌贤捐赠的角膜一枚，给急难中的他

179

守望光明

带来光明。

2007年9月3日,岱江区枫芷街道老共产党员杨昌贤走完了人生的最后历程,永远离开了人世。老人在生前做出了一个令人动容的选择——无偿捐献自己的眼角膜,作为最后一笔"特殊党费",为社会做最后的贡献。

杨昌贤1934年出生于岱江,1955年加入中国共产党,是一位有着52年党龄的老共产党员,曾任水产局机关党支部组织委员。退休后,老人仍发挥着老党员的模范作用,经常带领老党员给群众义务服务。

2003年12月,杨昌贤患脑溢血,之后病情经常发作,一次住院期间,杨昌贤看过报纸上的报道,得知我国有两百万因各种角膜病致盲的患者,许多患者本可以通过角膜移植重见光明,但因为角膜供体来源奇缺,他们丧失了治疗时机。

于是,一直豁达乐观的杨老毅然决定,捐献自身的眼角膜,帮助角膜病患重新获得光明,得到幸福。

"当初看到邓小平去世捐献角膜的报道时,我触动很大——"杨昌贤向妻子和儿女说出自己的心愿,却遭到他们的不解和反对,他就从思想高度向他们宣讲其意义和好处。

"我受邓小平精神的感召,觉得共产党人应该带好头、做表率,倡导移风易俗、后事新办。你们想想,人一火化就什么也没有了,不如留些有用的东西下来,帮助最需要帮助的人。再说,我离开人世后,还能够透过他人的眼睛,继续看这个美好的世界,这很让我欣慰……"

老人透露出的执着和乐于奉献的精神,深深感染着家人,他们终于理解并支持他的决定。今年5月,杨昌贤与区红十字会工作人员签署了自愿捐献眼角膜的协议。

后来，病床上的杨老身体越来越虚弱，可是无偿捐献眼角膜的心愿越来越强烈。老人常常念叨这件事，他嘱咐三个儿女，要与人为善，要帮助他完成最后的心愿。对他来说，活着，就是要全心全意为人民服务；死了，也要为社会创造价值。

9月3日早晨6点，红十字会工作人员第一时间接到杨昌贤病逝的电话后，马上委托岱江人民医院办理角膜捐献实施程序。

杨昌贤的遗体头朝里脚朝外地躺在板床上，下面用两个木头凳子支着。一缕金线射入窗户，覆盖在遗体上的白布单闪着洁白的光辉。黄旭面向杨老的遗体连鞠三躬。他向杨老的大儿子杨志强解释即将施行的手术过程。

穿上绿色无菌手术衣，黄旭将白布单轻轻从杨老的遗体头上揭开，掀开的部分平整铺在遗体胸前，接着从携带来的手术包里取出有孔巾，蒙在逝者的头部，正好露出逝者的眼睛。

"感谢您允许我摘取您的角膜，您是个有高尚情操的人，值得敬佩。身为医生，怎能不尽心尽力，将您的爱心和光明传递下去呢？"黄旭心里默默念道。一种庄严肃穆的气氛油然而生，严格按照手术流程的黄旭，散发出医者的神圣和尊严。

将眼组织放进专用的保存箱里后，黄旭拿镊子夹取棉球填入创口，代替被摘取的眼球，然后轻轻拉过眼睑，精心地用黑丝线将眼睑缝合，特意将线结留在里面，使得缝合完的眼睑看起来呈自然闭合的状态，逝者就像安然睡去一般。

黄旭觉得，让逝者遗容安详，对捐献者是敬重，对家人是安慰。做完这一切，他走出大厅，杨志强向他走来，伸出手和他握手。

守望光明

"您父亲捐献的眼角膜，至少可以帮助两三人重见光明。我替患者感谢您父亲——"黄旭轻缓地说。杨志强的眼中闪着泪光，他重重点了点头表示感谢。

经仪器检测，杨昌贤的角膜各层组织完好，整个透亮，是穿透性角膜移植的珍贵材料。黄旭处置密封好角膜材料，存放进4摄氏度冰箱内。

作为有52年党龄的老党员，杨昌贤自愿捐献眼角膜，用自己的行动践行了对党的诺言，诠释了一名共产党人的高尚品质和无私奉献精神。他的大爱义举感动着周边无数的党员群众和亲友，成为岱江区党员干部的光辉缩影。

第二十六章
顶端的存在

清晨6点,晨曦染红天际,整座城市还没从睡梦中苏醒,黄旭已独自登上百米来高的东山,满目葱茏清新,临风浩荡,人的心胸也会开阔、豁达起来。

极目远眺,俯瞰城市楼群,岱江人民医院远远地矗立在高楼大厦间;抬头远望,那轻舒漫卷的云霞,将他的思绪引到极远极远的地方,他向往城市外更广阔的天地,渴望能成就比别人精彩得多的事业,这是他疲惫工作中的英雄梦想。

顺着石阶下山,他脑子里闪过汪国真的一句诗:"没有比脚更长的路,没有比人更高的山。"只要我们肯付诸持久的努力,索性就让荆棘变成杜鹃……

黄旭独自走进外科楼的大厅,身后走来一个身材高大,面相和善,五十来岁的人,他快走两步,来到黄旭的跟前,热情地招呼:"黄主任——"

黄旭侧过脸,忙止步回应:"范院长——"握住他递过来的手。范院长用左手拍拍他的肩膀,友爱地说:"上午您要主刀百岁老人的白内障手术和角膜移植手术,难度都挺大的,预祝你手术成功。"

黄旭眼中闪过一抹光，露齿一笑："谢谢范院长！"

瞧他成竹在胸的模样，范院长又说："听说您把省级教授误诊漏诊的小柳原田氏病都给诊断出来了——"

几个路过的同事向范院长打着招呼，他点头回应着。

竟然能对三甲医院教授的诊断提出怀疑，敢于做出完全相反的治疗方案，不能不引起院长的重视。

黄旭听了倒不好意思，有礼地说："范院长您写的散文、论文都很好，值得我们学习。"

医院内大多科室分为四个医疗组，眼科也不例外。吴可峰、黄旭、乔子阳、袁玲珠四个组长分别负责眼科各分支专业；范长骏担任医院副院长，繁忙的行政管理之余，参与眼科临床，他们各个都是海州眼科界顶端的存在。

13年前，范长骏已经是市区享有一定名气的眼科专家了。彼时他和胸外兼肿瘤外科新秀梁文韬一起，通过英语面试考核，被选入省政府组织的斐济援外医疗队，出色完成"送医上岛"的医疗外交任务。

作为医疗领域的友好使者，在"南太平洋上的翡翠"，梁文韬和范长骏等为斐济人民带去成熟的治疗经验，让他们感受到中国医生的高超技艺和大义胸怀。不少当地人民见到这些"白大褂"，就会竖起大拇指说："中国医生真棒！"

医院手术室位于16层住院大楼的四楼，总面积1000余平方米，气派宏大，设备一流，每年承担全院13000多台的手术。当病人躺在手术推床上，被工友推进那道蔚蓝色大门后，往前再穿过一道门，右拐，进入宽阔的走廊，这里沿走廊依次环形分布着

14个手术间。

6号眼科手术间内,姜瑞祺一边调节着显微镜镜头的角度和景深,一边不由得感叹:

"要把显微镜这架重器转化为利器,真心不容易!"

崔月莹在托盘架上排开小巧的器械:"当然喽,显微镜下是一个三维立体视野,我们先前外科用的剪刀、钳子、钩子在这儿都不好使了,有劲儿用不上。"

"相信自己吧,通过一定数量的练习,我们都会成长起来的!"姜瑞祺给彼此鼓劲儿。

他俩欣然找到了一处可供训练的场所——耳鼻喉科重点实验室,它是为助力科内医生成长的平台。作为重点学科带头人,蔡院长关爱正在磨炼的新生力量,应允兄弟学科的有志青年来做练习。

一连几个晚上,他俩预约后去那儿演练手术到夜深。横亘的显微镜让他们无法抵近操作,镜下越想发挥技巧,越是不顺手,对老师的佩服也就越深。

"阿公,放松,手术时头不要动……"

石宏明今年已经102岁高龄,长清镇梓凹村人,双眼患有白内障二三十年,近两年除了能分辨白天和黑夜,其他什么也看不见,自理困难,需要家人照顾。

"都这么大岁数了,上了手术台能下来吗?"因年事已高,阿公一直拒绝手术治疗。可儿女们一再坚持,一家人开了一个家庭会,决定做手术。

"爸,你为这个家操劳一生,现在都摸不到路,吃饭也不知道是什么菜。等你做了手术,你就能看电视,出去逛逛,很多事都能自己做了，那多好啊！"终于说动了他老人家。

检查发现，老人整个眼部结构虽然老化，白内障变为"黑内障"，但感光部分还是没啥毛病，各项指标基本正常，这就为换一个"镜头"——使眼睛获得视力提供了条件。

人眼里的晶状体，就像一只漂浮在水面的皮球，在漂浮着的球上撕开一个5.5毫米的小口子，黄旭能一步精准地完成，多么不易！

忽然，老人的头挪动了一下，"阿公，不能动！"但是，毕竟是超高龄，老人的头又无意识地挪动一点。

放大十倍的视野，老人的头移动一点点，这一霎间，哪怕有毫厘之间的动作偏差，手术就会出现意外！

只见黄旭一边调整显微镜焦点，一边进化技术，毫秒把控水分离、游离核……

"这反应多快！手脚协调多和谐！"姜瑞祺看得是又惊讶又佩服，好像要把这显微镜望穿。

"黄老师，那个病人又来了，我说您一直手术，他还说下午迟些再来。"洗手池前，蓝海告诉黄旭。

黄旭无语。消毒液涂上了左手掌心，这时候，黄旭裤兜里的手机响了，他取出手机按键接通，那端当即传来女人的声音："黄医生，中午我请您吃饭。"

黄旭闻言不由一愣怔："啥？请问您是谁？您为什么要请我吃饭？"

电话那头发出啧啧的声音："黄医生，您真是贵人多忘事！一个多月前，您说过，如果我这张脸不留疤，就让我请您吃饭，现在真的如您所说，所以我请客，表达对您的感谢！"

黄旭爽朗地笑了："呵呵，谢谢。您的心意我领了，至于吃饭嘛，就免了，我还要手术——"

"那么，明天中午您忙吗？"

黄旭推脱着："真的不用，谢谢。当时是为稳住您情绪，跟您讲了个'笑话'……对我们医生来说，病人的满意就是最好的奖赏。"

这究竟是怎么回事呢？

原来那天晚上，郑女士骑着摩托车在回家的路上摔伤，面部被撕破了一道长达7公分的裂口，整个不平整的创面污染严重，还残存着点点煤屑。

拥有姣好面庞的郑女士一下子接受不了，她想起剖腹产术后留下的蜈蚣状瘢痕，要是这疤痕长在脸上？真要命！那时恐怕连自己都要厌弃自己！

对于天生爱美的郑女士来说，容颜毁损招致她强烈的心理应激，她嘴里不住地嚷嚷："这张脸要是变成人不人、鬼不鬼的样儿，我怎么见人啊？家里全靠我在外跑……怎么办？怎么办？"

崔月莹当时接诊以后，立马打电话给老师。黄旭从家里赶来，查看伤口后告诉她："我们会把伤口缝好，不会在你脸上留下明显的疤痕。"

郑女士哪里肯信，她依然激动地嚷个不停。为安抚她情绪，黄旭诙谐地说："这样哦，到时候这伤口恢复让您满意，您就请我吃饭；如果不满意，不请——为了赚您这顿饭，今晚我要用上最好的技术！"

黄旭从不跟病人说没有把握的话。他清楚，如果对郑女士采取传统的普通缝合，愈合后瘢痕会较重。一旦瘢痕形成，后期整形手术花费多，而且效果不尽如人意。

"病人是根据术后瘢痕来评判外科医生的。"有位因车祸造成额部撕脱伤面积50平方厘米以上的中年男人，经打听后托熟人找黄旭做手术。黄旭采用细针细线无张力缝合，达到了美观基本无疤的效果。

同样，经过一个多小时的奋战，郑女士的缝合手术成功完成。医生们对伤口进行一些特殊的处理，最大限度地修复了她的颜面，挽救了她的美丽。

黄旭自我解嘲地说："当医生，不但治病也要疗心，有时候一两句话就能开解病人。"

蓝海接着说："有的病人可怎么也说不通。像那位老人，我和他解释，如果是手术技巧有问题，早出现问题了，不会等到两年后。而且做了OCT（光学相干断层扫描），在当时的成像技术下，很难发现——"

黄旭沉吟道："他的视网膜裂孔藏在边缘，OCT都照不出来，用眼底镜或三面镜也很难查出——你也知道，有一些位置隐蔽的，即便在手术中，也很难找到细小如针尖的裂孔。"

这位病人白内障手术两年后发生视网膜脱落，在大城市医院手术失败而失明。上面医生说，如果当时手术发现这裂孔，并用激光封闭了，就不会发生这样的问题。

这句话的威力可不小，它固执地印到了病人的脑海中。之后他经常到门诊、病房来找，虽然他不吵也不闹，但是你走到哪儿他都跟着，很令黄旭苦恼。

黄旭脑海里闪现出一幅惊险的画面。那是三年前的一天，他正拿起圆柱状的角膜环钻,在珍贵的角膜材料上冲切下角膜片,再把病人穿孔的角膜取下。然而当角膜片按在病人的眼珠上时,孔巾下的患者忽然身子一动,喊痛的声音传了出来:

"哎呦……痛,眼……痛!"

他心中划过一道闪电:啊,不好!是"挡风玻璃"被打开后,诱发了患者少见的驱逐性脉络膜上腔出血——这是眼科最恐怖的手术并发症,无论出血多少,如果对视网膜造成损害,就会导致患者"永久性"视力障碍。

只见虹膜晶状体缓缓向前移位……在这电光火石之间,他只有一个清晰的念头,必须最快,并且最准确地缝合角膜,否则患者眼内容物就会随鲜血涌溢出来!

极短的震惊后,他完全冷静下来:"不要动!别紧张——"

他左手拿细镊子,右手执针钳,夹着一弯眼睫毛似的针线,在植片与植床之间敏捷地缝合12点位、6点位……经受淬炼的技巧在这一刻迸发而出,直至缝完最后一针。

离开显微镜,他两眼发花,浑身冒冷汗,终于坚持不住,虚脱地靠在墙上……

由于迅速关闭了切口,患者眼内压提升,深部出血自行止住,随着时间慢慢吸收,后来恢复到手动视力。

蓝海已经把前期的工作做好,患眼的上下眼睑分别用针穿上,拉开固定在孔巾上,暴露在澈亮的光源下。

人类角膜凸形滑溜,中央厚度平均只有0.54毫米,但它的结构很复杂,可以分为上皮层、前弹力层、基质层、后弹力层、内皮层五层。

锥子一样的眼神盯着镜头,黄旭一针下去扎到角膜第四层,

守望光明

每一针都讲究深度、边距一致，不夹杂多余的动作，这要多深厚的"内功"！

移植上去的圆形材料，巧妙地贴合在病人的眼珠上，不留一丝空隙。那16针针线对准瞳孔中心，呈放射形整齐排列，漂亮如向日葵。

"妙极了！唯其精巧，才显艰难。"崔月莹吸取了精神食粮，心中激起一阵感动。

黄旭一脸正色："不能觉得自己什么都厉害，还有很多不知道的——在眼底病领域就有许多未知的东西，等着我们去探索，像那个病人……"

"眼底病就像万花筒，变化多端，奥妙无穷。挑战眼底病，需要磨炼的时间，实打实是天文数字！"蓝海说。

全是有天赋的医生，这里充满了对技术和学术的讨论，他们的精神世界丰富而单纯，光亮而执着。为患者在黑暗与光明的边线搏击，他们必须掌握核心技术，学会站在更高的维度发现问题，破解难题。

从职业生涯的阴影和思考中走出，蓝海努力汲取各种精华。在显微镜下，他基本能把白内障手术做下来，接下来他要主刀几例，才会有底气去一个新的地方。

苏格拉底说过，当你所知越多，你就发现自己所未知的越多。总有一种使命感驱使着他们在眼科领域不断地攀岩，不断地跋涉和探索，在一次次锤炼中得到升华。

第二十七章
薪火相传

我心底蕴藏着光明的火种
点亮一盏盏明灯
照进长长的渴望
模糊的视觉让人举步维艰
困扰着家人
我要为你们开启生命之光
还原世界七彩的芬芳
伴着晨曦，朝霞和星星
唱着青春之歌
浸透辛劳汗水
一步步踩下坚实印记

病魔妄想吞噬光明
我手握利器与其较量
擦亮您心灵的视窗
那一瞬光芒豁然绽放

守望光明

>慈善开启光明是我主题
>
>使我魂梦系之
>
>无论旅途有多困顿
>
>我永抱执着,步履不停
>
>投入此生热爱
>
>我心中火种
>
>点燃数万盏明灯

"要拥有健康、完整的生命,首先要拥有一双明亮的眼睛。"这是每一个眼病患者的心声。对于海州五官科医院的全体医护人员来说,服务好每一双眼睛,让每一个人都能看见人间的五彩缤纷,是他们永远坚守的信念和不懈追求的境界。

这一群人,有着共同的善良和理想,有着相似的温暖和灵魂。责任在左,梦想在右,感恩与温情重叠,赤诚和仁义传递,风雨晦涩却将星星感动藏于胸,用本领和生命的激情,将光芒种植,任岁月流转,初心永不变。

2018年9月,瑞川省面向全省范围内所有社会办医机构及管理者,举行社会办医机构"十佳"评选活动,旨在让更多的老百姓了解社会办医行业,鼓励社会办医机构医护人员更好地服务患者。

经瑞川省社会办医协会层层筛选,共推选出20个"十佳"社会办医"百姓信赖医生"候选人,最终从候选名额中,角逐出10个获奖名额,活动自9月16日开始,截至9月22日中午12时。作为候选人之一,在六天内,黄旭回首自己的行医生涯,每晚撰写一篇文章发在朋友圈,现摘录四篇如下:

白内障手术从看得见到看得清，看得舒服

本人自1993年在西屏健岚镇卫生院开展白内障现代囊外摘除并人工晶体植入术开始，至今主刀超过18000台白内障，包括各种复杂类型的白内障手术，在省内排名能进前五。我曾做过111岁全国最高龄白内障患者复明手术，也是免费为抗战老兵做复明手术最多者。

麻醉方式从注射浸润麻醉简化到表面麻醉，手术从现代囊外到小切口囊外摘除，再到超声乳化并折叠式人工晶体植入术，再到小切口超声乳化摘除并人工晶体植入术。人工晶体经过了硬晶体、折叠型晶体、非球面折叠晶体、散光晶体，再到近年多焦点晶体，三焦点晶体等高端晶体的应用，一并解决了白内障、屈光不正和老花问题。

白内障手术已进入精准屈光性手术时代，五官科医院紧追时代前沿，始终保持检查手术设备和技术领先，做到手术无痛微创，并发症少，病人满意度高，用最好的技术为患者服务！

我的工作希望得到您的认可！谢谢您的支持和点赞！

追　梦

还是一个小医生时，一位帅哥拿着一副破眼镜来让我验光，说烦死了，不想戴眼镜，1500度近视，200度散光。我随口说了一句，以后可以把眼镜做到眼睛里。半年后，他又来找我，说他刚从上海回来，一个医生说做这个手术是痴人说梦，其实那时候国外已经开始了ICL（可植入式隐形眼镜）手术。

近视者多想脱镜！2010年，我们五官科医院首先在海州地区

开展 ICL 手术矫正高度近视。

近视可以手术矫正，当近视手术治疗的第一个浪潮——RK（放射状角膜切开术）手术从俄罗斯滚滚而来时，我在琴江边，看潮起潮落，未曾搏击。近视手术第二次浪潮——准分子激光涌来时，我在中山眼科中心感受到它的美妙。年轻的李教授，上午接受准分子，下午继续上班，看他炯炯有神的眼睛，谁会相信他才做了近视手术？

16 年前与叶主任一起，开展了准分子激光手术，至今我做的近视手术超过 5000 台，为我们医院的 40 多位员工做了手术，曾一天内为某医院 30 多位员工和家属做了手术，也创下了一天做 68 例、一个周末做 124 例准分子手术的纪录。

当近视手术第三次浪潮——飞秒激光潮起时，我感觉到近视激光手术更安全，更精准的时代已经到来。三年前在海州首先添置了纳焦飞秒设备，为近视手术提供了利器。飞秒激光，也是我下海的原动力。

不忘初心，永立潮头！16 年的近视手术，微米级的角膜激光雕琢，锦上添花，在修炼成一把"快刀"的过程中，一个追梦人的心所受的煎熬，谁人知晓！

请为我的执着和付出点赞！谢谢您！

做手术如解题

白内障手术医生与眼底手术医生的差别在于：一个是谨小慎微，一个是步步为营；一个是前怕虎后怕狼，一个是天不怕地不怕；一个是速战速决，一个是耐性十足。形象地说，有如眼科医生与外科医生，在缝合眼睑伤口时，一个用 10-0 尼龙线细细缝，一个用1-0丝线三下五除二，几针结束。

"大家都以为您是白内障医生，没想到您还会做玻切手术。"

玻璃体显微手术是现代眼科三大进展之一，为了学习这项技术，1995年我就参加了上海眼耳鼻喉科医院举办的第六期玻璃体手术学习班，授课的老师有黎教授、高教授、马教授及台湾来的教授等。自费600元！那时的奖金一个月只有18元。由于种种原因，当年未能开展起来。后来在中山眼科中心进修时，赵博士告诉我，高教授的台板上有我们学习班的合影照片。

以前我更多的是做白内障手术，随着时间推移，糖尿病的玻璃体视网膜病变明显增多，为了紧跟这个变化，学以致用，2013年年底，我再次赴中山眼科中心进修，师从张少冲教授。

这是一个真实的故事：有个阿公，右眼外伤，视力下降两年，晶体半脱位，要做人工晶体悬吊联合玻璃体切除术。做好人工晶体悬吊后，再用23G玻切头，切除玻璃体及晶体核，并做视网膜光凝，花了近三小时完成手术。术后视力恢复到0.5，超乎想象。阿公出院时乐得合不拢嘴，说走了几家医院，都让他等等。

手术时机与手术方式选择同样重要，有一位90岁高龄的老人，在外院做了白内障手术后视力下降，夜间来求治，检查发现前房少许积脓，玻璃体混浊，诊断是眼内炎。这类手术风险高，效果不确定，出力不讨好！有的医生就会不愿手术。

晚上11点，面对B超提示：玻璃体混浊加重，眼部胀痛难忍，这可不能"捱"！于是，深夜为老人急诊玻切手术，术后一周视力恢复到0.3，两周时0.5，1个月后视力达到0.6。辛苦换来病人满意的笑容，这比什么都有意义！

行医三十年，面临的复杂病例不计其数。

亲历过多种多样手术，可以说简单者不简单，复杂者也不复杂。做手术好像中学时代解数学综合题，前一小题的答案是下一个题目的条件。解题时不但要读懂题意，掌握公式、定义、定理，还要有清晰的解题思路和高超的技巧。

玻璃体视网膜手术，解题有点挑战性。我负责做眼科的大部分手术，但我们五官科医院更多靠华厦眼科医院集团的专家团队，定期或不定期来解患者的一个又一个命题！

如您觉得我可信赖，请点赞。谢谢您！

感恩有您

再过几小时，投票就要结束了。今天的结果无论如何，我都会很开心！主要是为这含金量很高的点赞！此时谁是真正可信赖的医生已经昭然若揭！

我知道，您的点赞不单单是花点时间，费点流量，更主要的是对我工作的认可，是对我的鼓励和期望！让我感受到关心我的所有人的浓浓情意！这些不是金钱能买的点赞！

这次"百姓信赖医生"评选，让我回顾了自己走过的路，我看到了一路美景，收获了这么厚重的亲情和友情！

在这短短的几天，看到了无数的患者为我呐喊集赞，耳闻许多未曾谋面的长者在他们的朋友圈中转发链接，有同学夜深人静时在家庭群求赞，有校友在他们的社交圈中广发我的追梦，有老师在学生群中不厌其烦地催交作业，有昔日同事的认可和不遗余力的帮助，集团老总们为集赞广为宣传，有专家教授在工作之余点赞助阵，还有医院全体员工的默默支持，更多的是亲朋好友们的点赞使票数稳步上升。这不断跳动的数字让我感到激动和温暖。

日前,一位病人说她好游乐助,到过海州许多的山、洞、寺、观、庵,提到"长同山,十八弯",勾起我记忆深处的美好时光。那是我少年时代度过的地方,抬头就能看到:忘不了冬天的早晨,野外一片白霜,外婆把盛饭的碗放到锅里热一下;忘不了外公指点我编织小草鞋;忘不了小山村的孩子一起放牛抓坑蟹的快乐!

在那里,与母亲一起,学做裁剪,使我双手灵巧,当然还有父亲让我学画蛋的功劳!待到小学快毕业时,回到老家,与爷爷奶奶一起生活,他们教我许多做人的道理,让善良的种子在我心中生根发芽。

我并不认为自己天资聪颖,除了父母,更多的是老师的教诲。师恩难忘,胡老师、王老师、陈老师、方老师、朱老师……从我成为一名眼科医生开始,一路走来,我幸运地得到了无数专家教授的指导和帮助!

他们是我人生路上的明灯,是我不断前行的养分。

自医院加盟华厦眼科集团以来,我们秉持做百姓放心、行业认同、政府认可的百年老院宗旨,始终坚持质量为本,帮助没能力支付的人群重启光明。感谢您的信任!

历时七天投票推选,投票总数76.322万,投票结果揭晓。

筚路蓝缕,栉风沐雨,五官科医院走过十年的征程。在波澜壮阔的岁月里,黄旭和他的团队为无数病患打开一扇扇通往光明的"窗户",完成6000多次义诊,为21余万人免费筛查眼病,更多时候为患者让利，收到168面锦旗……

在众多民营医院诞生繁衍的大背景下，他们那与众不同的孤勇和坚守，是医界难得的一股明澈的清流，是一片没有污浊的绿洲，是眼疾群众放心依靠的港湾。

每一台手术都是一张严肃的考卷，每一次光明的重启都是开在人心里不败的永生花，绽放着比钻石都要亘古闪耀的光芒。如此厚德正行，理应得到社会更广泛的认可，但现实并不如所想的那样，黄旭还是以第十三名落选。

没有九曲十八弯的剧情，只有日复一日无愧无悔的坚守，守住医德那份纯粹和坚贞。清苦善行，光耀自在，保留真挚忠义，收获生命宽度，在时代的旋涡中，让光明传及每一个角落，让专业绽放炽盛的百合花。

第二十八章
回　访

　　迎着早晨八九点钟的太阳，一辆商务车行驶在玉带似的盘山公路上，窗外的景色明丽生动，一会儿是连绵的秀峰，山色绚丽；一会儿是溪水潺潺，泉水叮咚；一会儿是层层梯田，金黄养眼。一路多彩画卷，灵光曼妙。
　　9月23日，五官科医院举行一场迎中秋、零距离送健康的回访活动，将优质服务延伸至家庭。院长黄旭亲自带队，从岱江出发，前往海阳市海拔680多米的兰清山，为病人送去中秋月饼和健康检查。
　　隐匿在山里的村庄十分静谧，就像大山中的生活一样低调。一行六人来到第一个村口，远远看见应阿婆站在一棵高大的银杏树下，黄旭加快脚步上前与她握手问好，把礼品袋递给了她：
　　"阿婆，今天来看看您，给您送中秋月饼——"
　　应阿婆打从心里暖暖的，她拉着院长的手臂："这么远的路，你们赶来看我，太感谢你们了！"
　　应阿婆今年4月由黄旭主刀，做了左眼翼状胬肉切除术，视力恢复很好。她说最近眼睛有点异物感，在用消炎药，黄旭拿检

守望光明

眼镜贴近她眼睛检查后,告知没什么大碍,但是右眼已经出现轻度白内障了,要注意。

石头砌成的两层小楼,未施粉黛的墙壁长出了青苔,别有一番原始的质朴感。81岁的赵阿婆为人直爽、勤劳、乐观,前年起视力下降得厉害,只有0.04和0.08,简直接近"盲人"。今年2月由黄院长做了白内障手术,次日视力上升至0.4和0.6。

"阿婆,您能认出我们吗?"董俏勤俏皮地问。

"啊——我听出你的声音来了!手术前你让我不要紧张,现在能看清你了,多灵气的姑娘,你们都是好样的!"赵阿婆由衷地欢喜,一道道皱纹笑成一朵菊花瓣。

"我特别高兴,现在视力亮堂了,不管是穿针还是干农活,都利索得很!"赵阿婆老当益壮行动自如,正好有不少村民过来问询,她便向大家介绍:

"多亏这位黄院长,他医术好,脾气好,把我眼睛治亮了,还亲自来看我,给我送月饼。"

村民纷纷称赞这个医院太有心了。他们趁机问黄院长一些自己眼睛的问题,黄院长挨个给他们检查,告知他们眼睛存在的问题,严重者建议他们到医院进一步检查。

在"关怀"的气氛越来越稀薄的今天,黄院长不辞辛苦放弃休假,专程来给百姓做好事,向他们传递关爱、希望和尊重,自然能走进群众心坎里。

午饭后,他们继续到邻村走访,不少老人在医院做过手术,一直记得黄院长。

临近傍晚,一行人在村民的指引下找到了项阿姨的家。手术前后,项阿姨曾邀请院长到她家做客,说家里土豆番薯很好吃。

现在"贵客"光临,她一定要留大家在家里吃饭,说现在眼睛很好,日子过得心满意足!

黄旭看着对方真诚的模样,也带着一丝感动地说道:"今天是来看看你眼睛手术后的康复情况,表达医院对你的慰问,顺便给几个阿婆也看一看。"

恍惚间,岁月深处的一帧帧画面在黄旭眼前闪过。十多年前,在一家农村院子里,有一株桂花树,密集的枝叶间,未探出细花。102岁的石宏明老人换了一身织锦缎古典咖啡色唐装,头戴一顶黑色的小毡帽,满脸洋溢着喜气。他坐在桂树旁的椅子上,儿子们分立两侧,一袭白袍的黄旭立在右前侧,随着"咔嚓"的快门声响,定格下珍贵的笑颜瞬间。

在这座山上,八年前那个春天,黄旭一行人来到全市最长寿老人家里。石屋不大,却干净整洁,一张老式雕花床,衣柜桌椅很有时光的味道。老奶奶生于清光绪二十四年,此时已经112周岁了,可以说是历经了沧桑。老人精神状态不错,脸上挂满笑容,嘴里念叨着"黄医生"。

儿媳说,婆婆眼睛什么也看不见好几年了,在其他医院做过一只眼,没有成效。找黄医生做了另一眼,能够看得见了,现在她吃得好睡得香,常常要到门口路上走走,看看朝霞、晚霞,还能在手机上看自己的照片,好不快乐。

失去的光明又回来了,总算是圆了梦。老人拄着拐杖,走起路来有些颤颤巍巍,但还是热情地送黄旭他们,直到茶香满溢的村边茶厂,才目送他们的背影离开……

医疗应该和阳光一样,是最为平民化的。医务人员心中装着病人,关怀他们,受到他们由衷的欢迎和爱戴,浓浓的人间温暖在荡漾，似乎在诠释着医患关系的真谛。

回访是制度，也是责任，海州不同角落都有他们回访的对象。一路真诚，收获满满的温情和感触。他们冀望，让这些小小的关爱、温情汇成一股硕大的暖流，潜移默化地驱散、浸染、激荡医患之间漫溢的寒流……

牟锡华、丁伟珍、董俏勤等早跑上山巅了，舒展在眼前的是一幅天然的江南山水画！绿毯般的大草坪，环抱着盈盈碧波，远山如黛，满目绿染，融入温柔的山水，他们放飞心情，萌萌地摆起各种姿势，留下刹那芳华。

山顶周围是层层叠叠的大片茶园，随风泛起深绿的波浪。平旷丰美的草地上耸立着一棵大樟树，黄旭走到浓密的树冠下，远眺浩渺接天的东海，红日西沉，山海华光，呈现一种动人心魄的美。

仿若回到最初的本我，心灵的视野更显辽阔。那些救治的病人，播撒的光明，经受的波折，感恩的传递，不论是困顿还是荣誉，所有经历的事，总归沧桑成了淡泊。澄明空灵中，黄旭感到一个勃发的、新鲜的自我又在心泉里诞生……

黄旭迎着初阳向医院走去，影子躲在了他的后面。是啊，这么多年他坚持住了，在实现梦想的轨道上留下了深深的痕迹。

就在前不久，国家一级作家钱老太太，在《海州新闻》发表了一篇《光明行》，记叙了自己在五官科医院做白内障手术的经历：

五分钟后，他说，手术完了，你起来吧！

这也太快了吧？我下了手术台，竟有点意犹未尽的感觉。

回到病房，我急不可耐地掀起纱布的一角，哇！窗外的天，明净得像刚刚擦拭过一样；原来一团团乌云般的树冠，全变得绿油油的，树叶历历可数。第二天，我又做了另一只眼睛。从此，远近视物回到了我 40 岁的水平，多年不能读的书报，可以流畅地读了下来，多年废了的穿针引线，又重拾起来缝缝补补；更开心的是，我又可以雄赳赳气昂昂地走路了……

守望光明

后　记

《守望光明》从起草到付印，历经三年半。这是一本有筋骨，有温度，有责任，文质兼美的创新力作。作品里的事件，都可见可触可感，来自我们身边，把民营和公立糅合一起，以主人公的思绪贯穿于过往与现在，塑造医护人员的真实形象，他们身上有你我的共鸣。

"大不了把自己的生活降到农民一样的水准"，也要守住那份初心和诚信。他们本来就承受诸多艰难，一直在做着光明的事业。那种无私的付出和努力，特别触动人。直面他们真实的状态所引发的思考，在我脑海里不断盘旋、奔流，促使我义无反顾投入写作，并给予我坚持的动力。

繁忙的工作和家务之余，我做足研究、采访，大量阅读，常常熬夜，且写且改，改了十多次，删掉了累赘的六七万字，终于柔婉精致起来。这期间得到很多指点和指正。单是《医调委》这个章节，笔者咨询了三位有关专家才敲定；黄院长像要求完美手术一样，严谨地提出哪儿与专业不相符……

感谢台州医学院院长梁勇、市立医院书记王海宝的指教和帮助，感谢台州知名书法家王及先生为本书题写书名，感谢黄耀忠院长的信任和支持,感谢三门作家马巧红,感谢唐晓东老师的指教。

文章千古事,得失寸心知。相信此书可以让你宁静下来,回味一下曾经的梦想,沉淀一下自己的内心;感知不一样的人生况味。